走出心灵的地狱

ZOU CHU XINLING DE DIYU

柯云路 著

河南文艺出版社
·郑州·

目　录

潜意识直接造成恶劣情绪,这是它制造焦虑的第一种方式。潜意识先造成体征,然后再引发出(或是强化)恶劣情绪,这是它制造焦虑的第二种更狡猾、更有力的方式。

作为研究者,对事物应避免做出常人的道德判断,包括爱憎判断。精神神经症诱发出的是潜意识,而潜意识通常是非理性的,它外化表现出的往往是不美好的、自私的,有时甚至是可悲和丑恶的东西。

心理治疗,其中重要的一条就是进行心理分析。要尽可能把潜在的、未觉察的意识分析清楚,使之显化出来,变成自觉的东西。

疾病在很多时候是应需出现的。需要之一,就是改变家庭内的关系,达到"战胜"家人的目的。当儿童为了战胜父母的时候,不仅可以大哭,还可以哭到咳嗽,哭到喘不过气来的程度,以至真的发烧、咳嗽起来。哪个父母不屈服?哪个家长会想到这是孩子在"巧妙"地战胜自己?

前　言

一

上帝给了每个人以健康的权利,然而,有些人注定要折磨自己,不愿意运用自己的权利。

多年前,我在有关著作中提出了一些新的疾病学观点。

我提出:疾病在一定程度上是人自己制造出来的。或者说叫作"自造病相"。

人之所以生病,除了其他原因,还因为生病有"好处"。人是在需要生病的时候才生病的。

我还进一步提出：疾病在相当大程度上是自我暗示出来的。

疾病在相当大的程度上是潜意识制造出来的图画。

潜意识不仅制造梦，制造神经症，而且还制造各种疾病。人人都有制造疾病的功能。

生病确实是有"好处"的。人用生病来解决许多矛盾，来解脱自己，战胜家人，战胜环境。

疾病在相当程度上是手段，是武器。人在制造疾病时，运用现存文化提供的全部逻辑。

因此，剖析疾病，就要全面剖析人类现存的文化。

一百年前，当弗洛伊德创始的精神分析学论证了潜意识制造了梦，制造了神经症时，曾经因为触犯了当时的医学观念及整个文化观念，在一个时期内引起强烈的社会舆论的反对。

今天，当我们提出潜意识不仅制造了梦，制造了神经症，而且还运用几乎相同的手法制造各种各样的疾病时，可能对现存观念有更深刻的触及。

人类不认识疾病，就不能真正认识自己。

我们今天不但提出疾病也是潜意识制造出来的图画，而且还提出，对神经症的分析，正是分析各种疾病的钥匙。神经症，又称精神神经症，主要有：焦虑症，恐惧症，强迫症，抑郁症，疲劳症（即神经衰弱），疑病症，癔病，等等。因为它是以心理障碍为表现的疾病，一般没有什么器质性病变，它是潜意识通过心理机制所致，因而比较容易被理解。而大多数疾病并非有这样明显的精神色彩，有很多看来是纯生理的，又有大量的器质性病变，我们的认识似乎就很难朝前走了。

好在现代医学关于"心身疾病"已有相当多的论述，我们只需在此基础上加以独特的引申与发挥。

笔者在有关著作中指出，潜意识确实用同制造神经症同样的象征手法制造了各种疾病。至于如何制造出器质性病变这种生理图画，揭示它的奥秘也并不困难。

人类社会从来都是布满疾病的社会。每个人都有过疾病，每个人周围都发生着疾病，疾病是一个无所不在的巨大存在。整个社会生活中都有它的角色。整个文化中都有它的参与。不知道有多少社会现象、文化现象、生活现象、艺术现象、家庭现象、人生现象与疾病有关。

当我们被疾病所包围，当我们或曾经、或正在、或将被疾病折磨时，为什么不放下蒙昧彻底地想一想：疾病究竟是为什么？

二

潜意识制造神经症，这是现代医学知道的事情。潜意识制造各种疾病，这是我们需要继续论证的事情。

在这里，我们只想说，任何一个具有现代文化水准的普通人，只要不拒绝分析自己，分析自己的环境，那么，都能渐渐找到足够的经验和事例来理解这一点：

疾病在相当大程度上是潜意识制造出来的图画。

一旦有了这样的认知，我们对疾病、对疾病充斥于中的、疾病在里面扮演缺一不可角色的人类社会生活，便有了极为犀利的透视和解剖。

对与疾病有关的社会现象、文化现象，也便有了全新的认识。

1994 年秋，在深圳的一次活动中，我凭中医望诊方法，对人群中一位从未谋面也从未听说过的女记者说：你有妇科病。

她很惊讶，承认自己确实患有子宫肌瘤。

我接着说出了她子宫肌瘤的比较详细的情况。

她很震惊，因为同她的医学诊断完全吻合。她问，应该怎么办？

我说，如果不搞清自己生病的病因，用什么方式恐怕都很难奏效。

她问：我怎么能知道病因呢？我如果知道病因，病不就好了？

我请她讲述一下自己的家庭情况。

她从父母讲起。

我说不用，直接讲述你的夫妻生活情况。

她又从最基本情况讲起。

我请她讲对她现在有直接意义的各种变化，不要回避事实。

她承认了，一年多前，她与丈夫感情破裂，冲突剧烈，她很痛苦。

我又问，子宫肌瘤是什么时候发现的，二者有没有联系？

她稍一想就回忆起来：从与丈夫感情破裂，她就感觉自己妇科不好，而且体征十分明显。没多久，去医院检查发现了子宫肌瘤。在此之前，体检时一切正常。

她又问我怎么治疗。

我回答：如果不放下自己的心病，用任何一种方式治疗了，即使当时有效，过后还会生出新的疾病来。我说，子宫肌瘤是她的潜意识、无意识制造出来的。因为有了子宫肌瘤，于是就不能有性生活，不能再生育。这就用疾病的"假相"掩盖了夫妻关系破裂的"真相"。这个掩盖是对自己的掩盖。她是因为有病而不能继续夫妻生活，不是因为丈夫不爱她而不能继续夫妻生活。这样，她受伤的自尊心就得到了安慰。

所以，她的妇科病，第一是病给自己的。

另外，制造出一个妇科疾病来，还隐喻地表达了自己的痛苦。这个痛苦之相,除了自己,谁能看到?当然是丈夫。她在潜意识中希望以此苦难相来感动丈夫,获取他的同情和怜悯,使其回心转意。

从这个意义上讲,她的病,第二是病给丈夫的。疾病本身就是一份声明,就是一个"外交辞令"。

第三,她的子宫肌瘤还可能有更多的亲属、朋友知道。因此,它第三是病给社会周边环境的。为的是求得更多的理解与同情。

我说,因为子宫肌瘤对她有这三个"好处",所以潜意识把它制造出来。不认清这一点,不消除潜意识制造疾病的心理机制,怎么可能彻底摆脱疾病呢?因为你需要(虽然你并不自觉)疾病啊!

如果能放下心中之病,正确对待生活,正确分析自己的命运,开朗起来,下决心不要疾病,那么,她的病就可以治好。如果自己要病,拿病来折磨自己,陷在病人的角色中,那么,用什么手段治疗,都不会彻底奏效。

病由心生。

我告诉她,病既不能帮助她,也不能补救她的夫妻关系,病最终只会把一切搞得更糟。要看明白这一点。否则,自此就会病魔缠身,痛苦不堪,以至最终残害自己的生命。

她听明白了,被震醒了,豁然开朗了。

几个月后,她又在北京见到我。这时的她已经红光满面,像换了一个人。她感激万分地告诉我:她好了!

这个病例典型地说明:

第一,潜意识能够像制造梦境一样制造出器质性疾病来。

第二,正确的疾病分析,能够治疗(起码会配合治疗)疾病。

同样,在1994年秋天,一位七十岁的建筑经济学专家膝关节及小腿扭伤,用各种理疗方式治疗均告无效。这位建筑经济学专家就是我的父亲。

我赶回家去看望。

我的父亲向来健康开朗,几乎从不生大病,然而,他此刻手捂膝盖,痛苦地诉说着。家庭的全体成员,包括我的母亲都围在四周。

首先是了解情况。父亲那时正在对一部一百多万字的建筑概预算专著做修订改写工作,桌上铺满了稿纸。工作很紧张,也很顺利。另外,出版社还约他在明后两年再写两本有关新材料建筑的专著,他也答应了。同时,他受聘于一家建筑公司担任高级顾问。一切似乎都很正常。然而,前几天下楼梯时,他一不小心踩空了,扭伤了膝关节和小腿。说完,父亲试着站起来挪了一两步,果然疼痛异常。

我笑了,对父亲说:您这腿是自己想疼的。

父亲很不高兴：我怎么会想疼呢？这是扭伤的，不是心理作用。

我说，我给您分析。我问父亲，他目前重新审定建筑工程概预算专著，压力大吗？

他说，有压力。对一部十多年前出版的一百多万字的稿件审定改写，工作量是很大的，要更换许多内容、资料，要重画大量表格，还要增写新的文字。仅增写的内容就近二十万字。出版社又有时间要求。

我问：你还答应出版社明后年再写两本新书，这又有压力吗？

父亲想了一下，承认是有压力的。这样的写作计划，对于七十岁的人，当然不是很轻松的。

我又问：你现在又在公司担任顾问，还要有日常工作，这又是压力，对吧？

对。

你还有其他社会活动，仍然在争夺你的时间，对吧？

对。

你还喜欢做些家务，但现在也成了负担，对吧？

他承认，是。

全家人都笑了。

我说，你这么大压力，怎么办？满桌的稿纸堆在这里，现在的书,出版社在催你,未来的书,出版社在等你。你没有那么多时间。你感到压力太大,承受不了。所以,潜意识让你下楼时踩了个空,制造了一个"工伤事故"。

于是,你就可以坐在那儿不动了。

你不用像往常那样帮着做家务了。

你不用到公司去上班了。

你不用应接一些社会活动了。

这样,你可以排除掉一些压力,比较专心地写作了。

父亲略想了一下,表示接受我的分析。

然而,父亲又提问了:我现在不做家务了,也不出去了,我的潜意识达到目的了,可是,我的腿还在痛,好像越来越厉害,为什么?

我说:第一,你腿痛才能不出去。你一不痛,不就又该帮着做家务了?

父母都为这个分析笑了。

第二,即使你现在不必上班,不必做家务了,但你还是有压力的。对你最大的压力是写作。

父亲想了一下,点头。我接着说:所以,你必须减轻这方面的压力,否则,潜意识还会作怪。

父亲既同意,又做相反的解释,比如出版社的期望啦,新材料建筑的书很重要啦,等等。

我接着分析:第三,你在这么多年的生活中,习惯被妈妈处处照顾起来。这次腿一疼,就更加什么也不用管,你一天到晚诉苦腿疼,像小娃娃一样,也蛮陶醉的,蛮舒服的。

一家人又都笑了。他们都能理解我的分析。

我接着讲明,在一个妻子把丈夫从里到外的生活都照管到家的家庭中,丈夫只要一畏惧压力,就很容易出现"丈夫角色崩溃症",很容易一下子缩到妻子的照料中。这个角色是很容易腐蚀男人的。这种"丈夫角色崩溃症",对于任何年龄的男人都是可能出现的。

只要身边有一个能把他当作孩子一样精心照料的女人。

我的分析,家里人都接受了。然而,理智的分析未必一下就能终止潜意识的作怪。我注意到父亲没一会儿又用手摩挲起膝盖和腿部,又诉说起痛苦来。

再分析,再指明。

然而,那种陈述疼痛的倾向顽强出现。

这时,作为心理治疗,必须采取坚决的支持手段。有的时候,仅仅使患者明白了道理,并没有使他同时具备排除自己所处情势的力量,依然是不行的。

我对父亲说,建筑工程概预算著作既然已经快搞完了,那就抓紧搞完它。明后年的新材料建筑专著不写了。

父亲迟疑,心里明显放不下。

　　我非常坚决地说：绝对不要写了。第一，你在这方面已写过书，再写，无非是更换新的资料，意义也不是太重大的。第二，人要注重自己的健康，不要把功利看得太重。第三，如果社会需要这类书，可以指导年轻人去写。我说，这是我的忠告，"不听就不是我的父亲"。

　　听了我幽默的话，父亲一下笑了，同意了。我们立刻就能感到他心中如释重负的轻松感。

　　两天后，母亲告诉我一个消息，父亲五十年前的大学同学将在上海举行盛大的同学会。

　　父亲很想去参加。家里人都很犹豫，怕他的腿吃不消。在我们的谈话之后，父亲的疼痛有所减轻，但并未完全好转，走路仍显得比较吃力。

　　这是一次难得的机会。情势要求患者只能在完全健康的情况下才能实现愿望。我立刻抓住这个机会，鼓励他去参加。我说，没问题。只要下定决心，变换自己的心态，腿疼立刻就会好。

　　父亲一下兴奋起来，表示要抓紧锻炼，同学会是五天之后的事情，他争取在动身之前恢复。

　　我迅速为父母订购了往返机票，并把父亲在上海活动的有关事宜安排好。结果，临上飞机前，父亲的腿康复了，只说还略有一点感觉。而在上海活动期间，可以说是"健步如飞"了。

这个病痛已成为历史过去了。然而,如果一位像父亲这样的老知识分子,当时处于自己设置的压力中不可解脱,沉浸在"病人"角色中不可自拔,那么,时间一久,就可能成为一种凝固的人格持续下去了。

这个案例典型地告诉我们:潜意识不仅能制造疾病,还能制造"工伤事故"来达到自己的目的。

人类如果不善于分析自己的疾病,就可能把医学的各种治疗手段当作培育自己疾病角色的催眠语。

先制造疾病,进入病人角色。再不断去治疗,强化自己的病人角色。

这种自我折磨的人生受难之曲,所有的人都不应该再唱。

一位女大学生,几年前得了一种不明病因的脱发症,每天夜里大把大把头发脱落在枕头上,没多久头发所剩无几。看西医,看中医,吃药,打针,理疗,针灸,均宣告无效。痛不欲生。后来,看到我的有关著作,其中讲到了潜意识与疾病的关系,讲到了生病的目的性、应需性。

她来信说,看了我的书,明白了自己真正的病因,她的脱发不过是感情痛苦的结果。她认清了自己,也明确了该如何正确对待人生。她认识到,人要真正智慧,开悟自己的心是最重要的。否则,人生会在各种误区中。不久,她感到身心产生了许多奇异的变化,最明显的是头发又都一片片地长起来了。

头发,在中国文化中向来是爱情的象征。古时削发为尼。剪去自己的头发,一直被女性当作不再婚嫁的殉情的象征手段。

潜意识运用了这种象征语码。

它隐喻地制造了女孩子的脱发症,以表明她心中的爱情痛苦。

这个案例告诉我们,许多看来奇怪的病症,都是潜意识制造的图画。

潜意识在制造疾病图画时,第一,是"应需的",是要达到某种目的,是有某些"好处"的。它不会毫无目的、毫无动机地制造疾病。

这可谓潜意识制造疾病的"目的性"。

或者说"应需性"。

或者说"有好处的原则"。

第二,是运用象征语码。即制造疾病手法的"象征性"。从这一点讲,它是隐喻大师,象征主义大师。

认清这个规律,对于破除各种疾病的心理机制,揭示疾病的社会心理原因,是极其重要的。

有一位男大学生,很小患有耳痛病,经常发作,疼起来要命。任何治疗都无效。

年龄大了,犯得少一些,但仍无法根治。只能听任它无缘无故地发作，又等待它不知何时无缘无故地停止。查不出原因。

这自然也是一个心病，他常常很怕自己在要紧关头突发耳痛病。

几年前，他也是看了我的书，突然明白了自己生病的原因。

他说，小时候，两三岁或三四岁时，妈妈又生了小弟弟，于是，母爱便从他身上移到了小弟弟身上。他嫉妒弟弟（他现在都能体会到自己那时的心理），他为自己不能重新赢得母亲的注意而焦虑痛苦。就在那个时期，他开始耳痛，而且痛起来要死要活，母亲只有把他抱在怀里抚爱才能缓解他的疼痛。这样，他又多少从弟弟那里夺回了部分母爱。

现在明白耳痛的原因了，心里豁然开朗，耳朵不再疼痛。而且从内心相信自己的耳朵不会再疼痛了。

我已经没有了这种需要。他在来信中说。

于是，这一疾病成为他认识自己心理、认识人类心理的一个经验。

这个病例告诉我们：有些疾病根植于童年心理深处的土壤，它可能在其后的很多年还保持某种影响。

当我们把这一切都揭露了、照明了，显意识对潜意识认清了，潜意识也把自己的话讲给显意识听了，显意识与潜意识交流了，人的理性与非理性思维交流了、沟通了，问题就解决了。

天下的事情有时就在沟通。

一个城市电路、水路、公路、邮路、信息不通,也都会堵塞、瘫痪。

一个人的血管不通,呼吸不通,排泄不通,经络不通,都会生病。

人的潜意识与显意识之间不沟通了、堵塞了,也会生病。

三

疾病,有时候确实是人自己制造出来的。

而制造出来的原因是需要。

这样的话,对于没有思想准备的人,最初一定是感觉非常刺耳的。

若真是这样,疾病还该获得同情吗,还该得到安慰照顾吗?

莫非人要为自己的疾病负主要责任?

我们说:是。破译疾病密码,就是要所有人看清自己在疾病中负有的责任。

我们要告诉人们,一定要掌握好自己健康的权利。

如果世界真有上帝,那么,上帝一定会说:看好自己的心,不要在里面装进太多的病。

如果世界真有佛祖,那么,当代最大的佛言该是:人生无病。

现在,人类的物质建设发展到相当高的程度了,人对世界的认识也深入到宏观宇宙及微观世界很多方面了。然而,人却迟迟没有认识自己。

几千年了,人类对疾病的认识竟如此欠缺。竟然没有发现,自己的潜意识,自己内心深处的情结,在制造自己的疾病。

疾病初看是敌人。

凝神再看,敌人却是自己。

我们研究了致病的细菌、病毒,研究了使人得病的各种外界条件,气候、温度、湿度、污染、饮食、营养,然而,对自身原因却研究得很少。

特别是对自己的心理,顶多注意到情绪、情感对生理、疾病的影响。

人类没有认识到,一切其他因素,最终都可能成为潜意识制造疾病的素材。

特别是现代社会,生活高度社会化,人不仅在自然界生活,也在家庭关系、社会人际关系中生活。

疾病带有很大的社会性。

纯粹自然原因的疾病是很少的。

我们不能不越来越重视疾病的社会—心理—生理相关性。

要在疾病的问题上敢于直指人心。

我们不仅发现，疾病在某种程度上是潜意识制造出来的图画，发现潜意识制造疾病的手法是象征和隐喻，而且，与此相一致，我们发现现代社会许多类型的"现代病"，具有典型的"新疾病学"意义。

在现代社会，以胃溃疡为典型的胃肠道消化系统疾病，可以说是常见病、多发病。

如果没有饮食匮乏的情况，那么，消化系统疾病的产生原因，最根本的是因为饮食的"消化不良"。吃多了，吃得太频繁了，吃得营养过高了，过油腻了，过辛辣了，过冷、过热、过硬了，吃了不新鲜的食品了，吃了有毒的食物了，都可能消化不了，都会转化为疾病。

然而，再深入研究就发现，消化系统疾病并不都是饮食上消化不了造成的，甚至主要不是因为饮食消化不了造成的。

在那些十分注意饮食卫生的知识分子群体中，消化系统疾病率不但未见降低，有时反而更高一些。

再一考察，我们就会发现，之所以患消化系统疾病(特别典型的如胃溃疡)，主要是因为他们在思想上有"消化不了"的事情。

他们面临工作、研究、创作、社交、生活等方面的压力，只要精神上、思想上消化不了，那么，这种负担立刻以胃肠器官消化不了的疾病表现出来。

任何一个消化系统疾病患者，只要启发他回顾一下全部心理状况，就会发现自己思想上"消化不了"的具体情况。

潜意识有了承受不住的压力；而显意识又在功利主义的驱使下一味前进，根本不会听取潜意识的任何声音。于是，潜意识只能以象征的手法，制造消化系统的疾病来隐喻。

当人认识不清自己的潜意识时，那么，病了，就只能是吃药、治疗、动手术。好了，又犯了，再接着吃药、治疗、动手术。

人们没有想到去审视一下自己的潜意识。没有想到这些消化系统疾病是潜意识制造出来对自己进行讽谏的。

于是，胃溃疡一类的消化系统疾病始终在折磨、困扰那些患了病还放不下执着追求的人。

而我们则要告诉这些人：首先看看自己在思想上有没有消化不了的情况。

只要思想上有"消化不了"的事情，生理上消化系统的疾病是必然的。

不懂得这一点，带着功利主义的焦灼与疾病困扰的痛苦去一次次叩响医院之门，只不过是愚昧的表现。

心在病中，身不会在病外。

又譬如，肩背疼及脊椎病，这在现代社会也是"奇怪"的多发病、常见病。随着社会劳动中体力劳动比重的下降，脑力劳动的比重增加,肩背疼的疾病呈上升趋势。

这是令人深思的。

深入考察还会发现,脑力劳动人群中,肩背疼及脊椎病并不比体力劳动的人群比例低。

这又是耐人寻味的。

肩背疼,以及作为这类病的延伸、凝固的脊椎病,难道不是体力上"不堪重负"的结果吗?

这话没错。

然而,潜意识比我们的逻辑更高明。它把思想上、精神上的"不堪重负"与体力上"不堪重负"的内在一致性抓住了。

它用体力的不堪重负来象征思想的不堪重负。

我们发现,有的人只要在思想上、精神上有"不堪重负"的情况,那么,他的肩背疼就会随之出现。

而肩背疼了一段时间,就会接着发现脊椎某个部位也有病了。

现代社会是生活紧张的社会。人们在体力上的重负少了,精神上的重负却可能增加。

所以,肩背疼及脊椎病成了相当普通的疾病。有的人终生在时轻时重的肩背疼及脊椎病中度过,有时到了很痛苦的程度。然而,大多数人还是把疼痛与疾病背在背上,眼睛还是看着面前的各种诱惑,不知道把审视的目光往自己的肩背上看一看。

以为眼睛看不见，就不存在了。

殊不知，肩背病，脊椎病，常常导致全身性疾病。

于是，一个不关心肩背的人，就把自己整个地放到了疾病与苦痛的折磨中。

当他们不得不去理疗肩背时，没有看到自己内心深处潜意识的愤怒。

为何如此日复一日的形象比喻，都没有启发你的自觉呢？

继续放开考察的眼光，我们发现，许多类型的病都是自己潜心制造出来的。

各种内科病，各种外科病。

包括当代高死亡率的不治之症：癌症。

当癌症这两个字出现在面前时，我们会看到有关的各种疾病苦难的图画。

人们也许会用惊诧的声音问：癌症也是潜意识制造出来的吗？我们毫不迟疑地回答：在相当程度上，癌症是潜意识制造出来的。而且，这里有着同消化系统疾病、肩背疼痛及脊椎病一样的象征隐喻的心理机制。

真希望可爱的当代人都能够擦亮自己的眼睛。

真希望人类的所有成员都掌握破译疾病密码的方法。

那样，我们一定会多一点健康，少一点疾病。

四

由于疾病本身是"有好处"的,所以,潜意识注定是抵制对疾病的分析的。

要使人类接受这种新的疾病学理论并以此来争取自己的健康,是并不容易的一件事。

1994 年春天,一位在上海长期从事教育工作的晚期肝癌患者,在历经多种医学治疗无效后来到北京。我们在中国发明家协会副会长曹培生先生及清华大学教授、中国科学院院士赵玉芬女士的介绍下认识了。

见面后,我说:我对你的疾病不想说安慰和同情的话,那些话是没用的。你如果真想救自己,就要分析自己,认识自己。

他顿时有些清醒。说自己从小很苦,母亲带大他非常不容易。所以,从小他就有要耀祖荣宗的强烈愿望,拼命地做事,拼命地提高自己的社会地位。

他说,他经常是带着吊瓶去开会的。

我说,是的,一般的人会把这样带病工作当作美德来赞扬。

是的,他承认道。这样玩命地工作,在他工作的系统内,一直是被当作模范行为看待的。

我说,这里便暴露出两个问题。一个问题,当你为了耀祖荣宗而不惜残害自己的生命时,你对生命、对人生的态度,本身就是极其错误的。

你的精神受得了吗?受不了。

受不了怎么办?就只能用疾病来告诫你。

一般的疾病都不足以告诫你,又怎么办?

只能是癌症这样的不治之症了。

从这个意义上讲,疾病是你自己寻求来的。

另一个问题,是社会文化。我们为什么要把带病工作当作美德宣扬呢?这里到底有多少是合理的,有多少是误区呢?我们为什么不把健康地工作当作美德来宣扬呢?

我说,晚期癌症非常难以治疗,如果现在想做真正有效的争取,首先要认识清楚自己,下决心战胜疾病。

他显然听明白了我的分析。然而,他激动地讲:我的同学中有不少人都在上海当到了部长级干部。而我离他们差好几级。我不能没有压力啊!

我说:你到了今天还这样讲话,你不糊涂吗?你为了一般意义上的事业,其实说穿了,也就是人生的功利主义,已经如此严重地损坏了自己的生命,为什么还执迷不悟呢?对你这样执迷不悟的人,疾病不是老天惩罚和教育你的唯一手段吗?

他承认,有时看到自己坐的车不如人家,心里就很难平衡。

我说，你现在的身体也许还有一线希望，但这一线希望，此时唯有你手中掌握着。关键看你还想不想活下去。如果今天还想不清这一点，看不到生命的宝贵性，不愿意自己救自己，那么，任何治疗手段都没有办法挽救你。

他低下头，想了想，说，我想通了，我的生活方式有问题。我要改变自己。我该怎么办？

我送给他一句话，《孙子兵法》中的：陷之死地而后生。

我说，你现在没有别的选择，只有一个出路，就是先解决活下去的问题。从今天起，要放下心头的各种累，各种执着，什么地位、级别、房子、汽车，都不要在乎，要下决心丢掉一切折磨自己的事情，心澄目洁地生活，去寻找自己被掩埋的生命力。现在，对于你是生死决战。必须下定决心，使自己心头没有任何破坏生命的污染。要脱胎换骨。

希望唯在于此。

他当时十分激动。表示要痛下决心，要找回自己的健康。

然而，这位朋友的疾病已到晚期，同时，他在自己的环境中，几十年的思维模式并不是很容易变的。他有那么强烈的带有周边环境每日刺激构成的不可遏制的功利欲望，又有那么强烈的生病使自己喘息解脱的需要，这更难于改变的。

又过了几个月，我得知这位朋友病逝。我为他的中年早逝感到惋惜。他只有五十岁多一点。

人们为什么不知道自己生命的意义呢？

为什么不知道疾病本来已经是上帝的警告呢？

为什么不能真正从疾病与死亡的迷途中挣脱出来呢？

五

人类应该在自身发展的过程中越来越掌握住自己健康的金钥匙。

一个人从婴儿时就受到疾病的诱惑。当他在啼哭时，在患病时，就会有加倍的父母之爱投在他的身上。

疾病从来是有好处的。

然而，如果不能摆脱疾病的诱惑，那么，人类终究不可能有真正的健康可言。

英国物理学家霍金，被称为爱因斯坦以来最伟大的理论物理学家。他的有关黑洞及宇宙的许多理论可以说是天才的思想，然而，几十年来他因病坐在轮椅上，后来还失去语言功能。

很多人讲，也许正因为被囚禁在轮椅上，才使得他一生都处在沉思冥想中，有如此之大的发现与贡献。

我相信，霍金先生本人并不赞许这种说法。

即使用瘫痪、残疾的代价换取的是诺贝尔奖级别的科学发现，也是不值得的。

也许有的朋友会批判这个观点。他们会有大段论述，说明个人为人类做贡献的意义。

然而，倘若这个世界所有的人都有诺贝尔奖级别的科学发现，这个世界被无比多的伟大发现堆满着，同时，这个世界的人们又都是瘫痪和残疾的，那么，这个人类世界是可爱的，还是可悲的？

我曾在一本杂志上读过史铁生的慨叹，这位坐在轮椅上的优秀作家说，如果有来世，那么，他所希求的只是刘易斯那两条健步如飞的腿。

生命的意义是至高无上的。

人类必须重新学习生命的真理。

人类在征服宇宙的过程中，别忘了审视一下自己的肩背和脊椎。

更别忘了审视自己生命深处的心灵世界。

人类如果以一堆顶着大脑袋的残废人的面貌出现，那真是无可救药了。

我们对健康的理解曾是何等欠缺。

当人人去奋斗，去争取，去为各种功利拼命前行时，各种疾病早已缠身。

人们常常病了还不知有病。

生命是要实现生命原则的。

譬如，生命要生育。

那么，即使人类为了整体生存的需要，采取了必要的节育，每个人的性功能也应该是健全的。从生命的意义上讲，健康的人都该有正常的性功能。

它是生命的活力，生命的张力，生命的健康状态的重要标志。

然而，不幸的是，相当多的人在青年期之后，性功能就出现了不该有的明显衰退，各种各样的性功能缺陷、性功能障碍。

因为缺乏正常的、健康的性功能，其他疾病，如神经症也更多地产生。

当治疗阳痿早泄的招贴同治疗梅毒、性病的招贴共同布满城市街道时，现代人该做何反省？

性生活，性功能，性爱，是人类最基本的生命现象之一。有没有健康的性能力，委实是衡量一个人是否具有合格的生命能力的重要标志。

人周身的系统，消化系统，血液循环系统，呼吸系统，神经系统，排泄系统，泌尿系统，骨骼系统，等等，如果都健康了，再加上精神、心理健康了，最终会表现为性能力的健康与旺盛。

任何系统出了问题，都可能影响生殖系统。

生殖能力，是周身能力最后的合成。

　　而生殖能力，在控制生育的情况下，主要表现为性能力。它从来是首先表现为性能力。

　　无论是体力劳动者还是脑力劳动者，如果失去了正常的、旺盛的性能力，那么，就应该认识到，这已经是有病了。

　　不幸的是，当很多现代人没有如意的性功能时，并不警惕。

　　他们以为，人可以这样维持萎萎缩缩的性功能状态。

　　殊不知生命之光早已黯淡。生命已被污染。生命已不纯洁。

　　他们可能觉得，性能力的衰退是可以不受谴责的事情。

　　其实，这种思维依据的文化有极大问题。

　　在性生活、性功能问题上，有两种文化都是有疾病的文化。

　　一种，就是那些梅毒、性病招贴背后所反映出的淫秽文化。那是人类的疾病文化。无论有多少人、多少所谓现代观念为它开脱，它都是被定性了的。艾滋病的出现，不过是上天的惩罚，宣布这种文化是罪恶的，是无可辩护的。

　　艾滋病是在一系列性病的警告还不足以教训人类时才出现的一个更强制措施。

　　另一种文化，就是在阳痿、早泄这些疾病招贴后面隐藏的文化。

　　这可以说是制造阳痿的文化。

　　人类社会生活中，一切伦理、道德、教育、医学、卫生、生活常识,一切禁忌、人生哲学、说教、生活方式,一切文学艺术、科学,如果与制造阳痿有关,那么,它就是罪恶的文化。

它同淫秽文化同属有疾病的文化。

一个人有没有正常的、旺盛的性功能、性能力,确实是身体是否健康的检验。也是心理是否健康的检验。也是生活是否健康的检验。也是环境是否健康、文化氛围是否健康的检验。

只要缺乏健康的、正常的性能力,那么,某一方面有问题是肯定的。

看到性能力病态衰退的现象在现代人中竟这样普遍,竟有那么高的比例时,我深深为人类感到不幸。

看到那么多其实已是很不健康的人,生命之光已很黯淡的人,还在执迷不悟地斤斤计较着生活时,深深为他们惋惜。

希望所有的人都审视一下自己。你有没有明亮的生命之光? 你有没有充沛的性能力?

如果没有,请一定检查一下自己的生理与心理。检查一下你的环境与文化氛围。

一定要使自己的生命处于灵动、活泼、松弛的状态中。

六

最后谈谈神经症。

神经症又名精神神经症，这是一种以心理障碍为表现的疾病，现在大众已熟知的焦虑症、抑郁症等都属此。患者不脱离现实，能意识到自身状况是不正常的，并努力摆脱这种状况，但对造成这些不正常的心理根源却不能认识。

神经症是由潜意识压抑造成的，对神经症的分析，可以当作对疾病分析的钥匙。

在现代人中，特别在脑力劳动者中，神经症患者比例大得惊人。

我曾经对五十位从事文学艺术工作的人做心理调查。结果发现，完全没有神经症的人几乎没有。当然，文学艺术工作者，一是敏感，是易受暗示型的人；二是都有较高的事业追求，自我设置的压力比较大。因此，他们的神经症患病率肯定要高。

然而，如果超越这个范围，对知识界包括政治界人士做更深入的心理调查，同样发现，神经症患者的比例也相当大。

神经症在紧张的现代生活中，已经是极为普通的心理疾病。

对大学生做类似调查,也发现很高的患病率。

希望人类对心理健康给以极大的重视。希望所有的朋友都能够解除神经症这样的心理疾病的困扰。

神经症是人类许多疾病的精神缩影。

神经症是潜意识制造的精神图画。

不剖析清楚神经症,人类就很难更进一步认识其他疾病。

不消除神经症,任何人也很难说是健康的人。

很多人有并不严重的神经症,以为不是什么大事,不认为会影响生活。

其实,神经症本身是一种心理疾病,同时,它还是通往其他疾病的桥梁。

今天,我在这里将我对一位神经症患者的解析纪实交给大家。患者安子林先生患有严重的焦虑症、抑郁症,他本人是善良正直的人。他的家人也同样都是善良正直的人。整个解析过程中,安子林及其一家以极大的战胜疾病的勇气配合我,表现出了高尚的坦白与真诚。

坦率地说,如安子林一家经常表达的那样,他们遇到我是幸运的。如果没有我,安子林一家也许今天还在疾病的黑暗中。然而,我想在这里表达的是这样一个意思,作为帮助角色的我,遇到安子林一家也是幸运的。并非所有的神经症患者都愿意接受这样严酷的分析,并非所有的神经症患者都有如此强烈的康复愿望,也并非所有的神经症患者都能有像吕芬这样善良贤惠的妻子和聪明而善解人意的女儿。

在探索疾病的奥秘中,安子林一家勇敢地支持了我。我想向安子林及他的家人表示深深的敬意。

经过共同的努力,他的疾病已得到痊愈。希望以此案例的发表,纪念安子林战胜疾病,走出心灵的地狱。

也希望以此真实的案例,启发和警醒所有患有不同形式、不同程度神经症的朋友们,走出心灵的地狱。

一旦走出心灵的地狱,我们就将拥有健康,拥有生命。那么,不仅神经症,还有各种各样的疾病,都将被我们踏在脚下。

第一章

一位焦虑症、抑郁症患者

人为什么选择病的方式折磨自己，折磨家人？要分析他的现在，分析他与家庭其他成员之间的关系，分析他的社会处境、人生处境，还要分析他的童年，分析他与父母的关系。

1993 年 2 月，我应邀做一个专题讲座。共分三讲，2 月 2 日、4 日、6 日各一讲。

每次讲座前，我都和与会者进行简短的交谈。第一天讲座结束后，在众多包围提问的人中有一位善良的中年妇女，她焦灼地问：我爱人有病，到处看也看不好，怎么办？

什么病？我一边继续与其他人对话，一边问。

她答：神经症。

"神经症"是当时一般人还不熟悉的医学概念,它泛指焦虑症、抑郁症等多种心理疾病。由于"神经症"这三个字,我在人群中转头看了她一眼。

她接着说:前一阵还请过有功能的人给他诊治,说他身上有附体。

我给几个读者签完名后,转过身对她说:免了。

什么意思?

就是说这种所谓有功能者的治疗,对他来讲,免了。至于那些人的论断是对是错,这里不做评判。我只是说,你爱人目前不需要这种治疗。

那该用什么方法呢?

主要是常规治疗,包括药物及各种理疗,其中很重要的是心理分析。神经症有深刻的心理原因。

她说:我们给他分析了,有时候他承认,有时候不承认。

我说:患神经症是有心理原因的,不愿承认他人对神经症的正确分析,也是有原因的。

这位中年妇女激动地说:我看过您的书,我知道,他这样病是有需要的。他得了病,就把我紧紧地拴在他身边。这两年几乎把我毁了。

我说:你说到这里,开始接触到问题的实质了,但还远远不够。要再深入下去,才能看清楚他的全部病因,才能知道如何经过一个耐心、正确的治疗过程使其痊愈。

这是我们的第一次接触。

两天后，第二次讲座时，我在开场白中提到了这次谈话。

我问：这位女士今天来了吗？

她在座位上答：来了。

我说：我对疾病曾经下过一个非常明确的结论，也许会引起某种争论。我的结论是：大多数人得病，都是在他"需要"时才得的；一个人生病，在大多数情况下都是因为有着某种"好处"。

这位女士的爱人所得的病以及得这种病的原因，我在她提出第一个问题时就有感觉了。现在，我愿意再谈几句。

可以说，我知道你爱人与你的关系在疾病这个问题上是什么样子，我甚至可以如实地描述出来。当他用这种疾病来解决他的人生问题时，或说满足某种"需要"，或说获取某种好处，或说调整家庭内的某种关系时，他表现出了一个男子的全部怯懦性；他甚至表现出一个男孩对待母亲的心理状态——威胁，耍赖，各种各样的心理病态和表演。我不需要问你。现在你点头了。我不会说错的。全部细节我都可以想象出来。

如果你给他好处，照顾他，整天陪着他，他得到了一点满足，但又永远不能完全满足；如果你看穿了，点破了，对他采取相反的、严厉一点的态度,他往往会用更激烈的病态进行反抗……看,你还在点头。

这个分析还可以进行下去。整个情形栩栩如生,如在眼前。

人为什么选择病的方式折磨自己,折磨家人?要分析他的现在,分析你和他的关系,分析家庭其他成员之间的关系,分析他的社会处境,他的人生处境,还要分析他的童年,分析他与母亲的关系。

这样,你对这个问题的认识才接近或达到现代医学、现代心理和生理学包括神经症学方面的医学成果。

只此还不够,还要找到人类在身心疾病面前那种几乎无法抗拒的规律性的东西。

疾病是非常复杂的事情。做个好医生是很不容易的。首先,他要有很丰富的医学知识,还要有医学以外的丰富的人生体验。

疾病的原因(很大程度上)在病外。

这次讲座,这位女士特意领来了女儿。她告诉我,她的丈夫叫安子林。她叫吕芬。女儿叫安琪,一个清秀敏感的女孩,初中学生。

吕芬把事先写好的一封信交给了我。

＊ ＊ ＊

柯云路老师:您好!

我是当年六七届初中生,被历史的车轮带到了陕北的一个小山村,在那儿生活了五年。难忘的五年,无望、无助、无援的五年。后来因"病退"回了北京,被分配在一家街道小厂。回京的喜悦也未冲淡我心中的一些凄楚。就是在此时,上苍把安子林带进了我的生活,是他使我对生活、对人生有了新的认识,他对我关心、体贴,为我做衣服、烫发、烧菜做饭,一年多以后,我们有了可爱的女儿——安琪。

结婚十几年,他对我从没红过脸,更不要说吵架。他人很有教养,性格内向,很理智,喜欢思索,酷爱绘画。二十年来致力于中国山水画的学习、研究与发展。虽然他不是专业画家(他的专业是无线电),但由于他有着一种对艺术锲而不舍的精神,终于在近年取得了可喜的成绩。他的山水画两次在国外举办的国际绘画大奖赛中获特别奖,并被亚洲的一个国家聘为美协理事。我们的女儿三岁半开始从父习画,五岁在北京儿童绘画比赛中获第一名,而后在全国少年儿童书画比赛中获优秀奖。七岁开始参加一些国际儿童绘画大赛,并连连获铜牌、银牌、金牌。1988年随"中国儿童书画艺术团"赴美国三城市作巡回展，并受到前联合国秘书长德奎利亚尔的接见，还为联合国儿童基金会秘书长格兰特当场画像，当年她十岁。

安琪不但喜欢绘画，对中国的历史、天文、地理，从小就表现出了极大的兴趣。四五岁就在世界地图上找到"百慕大"，并说出是在哪个洲。对飞碟、金字塔之谜、古玛雅文化都有着浓厚的兴趣。去年暑假她又对易经产生兴趣。虽说白话易经对一个十四岁的孩子不是很好理解的，她不但理解，还给我们讲了人体与宇宙的关系。是她告诉我，易经是群经之首，可包罗各个领域，是非常科学的。去年看易经，她用火柴棍给家人占卦，看了您的书，她又学会用钱币占卦。值得注意的是，用钱币占的卦象与以前用火柴棍占的卦象相同。

我们母女边看您的书边探讨。我们认为，作为一个作家，能对这么多领域进行这么全新的解释，您已经站在一个较高的境界了。我们对您几乎有些崇拜。我们是有缘分的，所以我们得以见面。

现在我们祈求您的帮助，因为我们家有磨难。

1991年底，我爱人安子林因中毒性痢疾诱发了多种神经症（焦虑症、抑郁症、恐惧症），对我产生了病态的依赖。前面我讲过他对我很好。所以，我跑遍北京各大医院求医，还亲自陪他住进精神病院，接受"电休克"治疗。但由于他体质以前就较弱,况且又是过敏体质,"电休克"不得不中断,药物的反应又很大。中医治疗也未见多大效果,只得求助于特异功能。人家说他身上有附体,更增加了他的心理负担。从您的书中我明白了,他生病也是一种需要。近两年我从生活到医疗,无时不在他左右,而且我的语言无意中形成了一些暗示。在他的潜意识中,怎么也无法摆脱"病人角色"。我觉得如果有人用催眠术同他的潜意识对话,告诉他病已经好了,一定会有奇效。您现在不是正在研究"疾病学"吗?我觉得安子林是典型的神经症病例。希望您能帮助我们。

近两年因他生病,我一直不能正常上班,目前单位已经将我"优化"。他的病不好,我们这个家就无法正常生活。

另外,我女儿是个挺有天赋的孩子,身体一直较弱,她说我不想再有病了,她也渴望得到您的点拨。今天我把她带来,请您让她健康起来。

我爱人的病例如对您有帮助,望能与我联系。留下这张名片,您可打电话给我,约个时间谈谈。

一个崇拜您的人 吕芬

1993 年 2 月 3 日

第二章

神经症是一幅心理图画

人生病，无形中解脱了很多东西，因此，人生病第一是病给自己的，其次也是病给亲人的。生病了，表面看似乎什么事都不用干了。从功利主义角度讲，这样做也是不合算的，是人生很大的误区。

请读者原谅笔者全文引用吕芬的信件，特别是引用那些赞扬笔者的文字。在事件的进一步发展中，笔者还将继续引用这一类文字。之所以这样做，并非浅薄的虚荣与炫耀。读者将会了解，当我帮助这一家人时，他们的信赖与依靠在治疗时起了多么大的作用。当我以"医生"的面貌出现时，我需要这种"权威"感。

坦率地说,吕芬的信引起了我的很大同情。我理解一个妻子在面临如此困境时,所感到的巨大精神压力。同时,她的丈夫安子林正在被精神神经症所困扰,其痛苦之状,可以说在我眼前栩栩如生。况且,他们还有一个如此可爱的女儿,聪明敏感,在简短的谈话中,我了解到安琪不但读过我的许多作品,而且有着一定的理解。毕竟,她只有十四岁,是我的作品最年轻的读者。她站在我面前,善良而又无奈,同时又充满了期望。她的神情打动了我。我决定帮助这一家人。

晚上,回到家里,我拨通了安子林家的电话。

我请安子林接电话。

在简短的问候之后,安子林向我简要介绍了他的病情。

安子林自述:

我从小胆小,过敏体质。四五年前,职大考试,因为缺乏准备,临场特别紧张,头晕,眼冒金星,还有些恶心。以后就经常出现这种紧张、焦虑状况。要出差,怕自己体力应付不了,于是出现体征。但当时还没有太当回事,只觉得自己胆小,身体虚。

这次发病是 1991 年 6 月,和韩国朋友一起吃饭。其中有一道菜,牛鞭,当时觉得不是味,尝了一口就吐了。回来拉肚子,上吐下泻好几天。去医院看,确诊为中毒性痢疾。出院后多次休克,再次住院,输液三个月,有所缓解。

一天,同病房一个危重病人抢救,自己情绪很紧张,又开始出现明显症状。胆小,烦躁。后到协和医院会诊,说我是焦虑症。拉肚子持续三个月。又转到中医医院,托人请名医包大夫看,一个月后止住了吐和泻。出院后,身体弱,失眠,还出现了一些神经症症状,连马路都不敢过。以后请医大的一个名医针灸,轻松一些,不久那位针灸大夫去外地了,我的病情又开始反复。

这两年持续看医生,吃了很多药,体征更厉害。抗抑郁的药,因为副作用大,吃了情绪更坏。

我有个亲弟弟,从小过继给别人,当时在东北,也犯过这种焦虑症。他用"电休克"法治疗,后来好了。我也去医院做电疗,效果还可以,症状有所减轻。

出院试试,过马路好像也过来了,情绪好了,力量又有了。

这期间爱人一直陪住医院,一年多没上班。厂里优化组合,她要重新上班,否则就会被优化掉,我一着急,喝酒,感到身体越来越软,病又犯了。

"电休克"总做对身体不好,只好吃药锻炼。

又开始尝试日本的森田疗法。这种疗法主要是让人为所当为,自然处之。我在回龙观医院住了一个星期。住院人多,我排不上队。排上队又没人管,没人陪住。我的生活自理能力差,很快就回来了。回家后仍按森田法去做。

现在比电疗后好一些,原来不敢过马路;去商店,一看到人多就吐,头晕;现在能出门了,买买东西,能做做早点。病情晨重暮轻很明显。吃了早点就感到很累。闹不清有多少是体力不足,有多少是精神原因。

北京一位号称有功能的人给我看了,说我有附体。是因果关系。告诉我给我解了,不要吃药了。我遵嘱停药后,那几天觉得比较好,不知是因为停药后药的副作用没了,还是特异治疗的结果。因为药的副作用很大,吃了看人、看车都是重影。可惜只好了几天,又没效果了。

生病的这几年,没有间断作画。我的画房叫"不舍斋"。锲而不舍之意。

我还请过河北一个老太太看病,她有巫术。老太太的弟子还来家里帮着清宅,说家里有这个怪那个怪,没什么效果。

妻子拿过电话插话:

他求医心切,在东方气功博览会上找到关加林老师(气功师),连去四天治疗,当时效果特别好。又是晚上去的,他的病本身就是晨重暮轻,所以尤其显得效果好。关老师说他经络不通,给他发功点穴,他没什么知觉。可是,后来又不太好。现在比一年前好多了。但他自己还觉得不好,对我说:你还要给我找高人。

安子林接着讲：

我喜欢美术,对中国画,二十年追求,现在刚有些成绩。一开始病了,有时间画画了,还挺高兴。后来感到,这样病下去出路渺茫。

笔者:你从小与母亲关系如何?

安子林:⋯⋯一般吧。

笔者:就是一般吗? 有没有更具体的说明?

安子林:就是一般。父母都是知识分子,没有太多的时间管子女。

笔者:母亲的年龄?

安子林:母亲去年得了肺心病,六十八岁。

笔者:父亲呢?

安子林:父亲两个月前去世。母亲照顾父亲,跑来跑去,没顾上自己。

笔者:你兄弟姐妹几个?

安子林:我有一个姐姐,一个哥哥。下面还有一个弟弟,但从小过继给别人家。所以,实际上我在家里是最小的。

＊　　＊　　＊

笔者分析：

你这个病，现在能不能好，其实只在你自己。

往下，我们共同分析，你会看得很清楚。

对你的病，在与你爱人的交谈中，我就已经有感觉了。很多情况是我说出来的，而不是她告诉我的。你在病中的许多情绪、心理表现，我都能够感觉得到，栩栩如生。

现在让我们共同分析一下。

第一点，你要知道，你的神经症，从你最初发生的那次开始，那次考试，已经暴露出来了。

考试是什么？对于一个人来讲，实际上是人生的一种检测呀。学生考试考什么呢？就是看你的成绩如何，完成未完成人生的任务。这个任务是你自己规定的，是父母希望的，也是社会环境对你的要求。考得好不好，是一种压力。

你在考试时之所以触发了恐怖感，还不是没有准备的问题。考试带有象征性。这和你在人生中的自我要求和自我追求、给自己造成的压力、同时又感到不堪忍受相联系。

你虽然热爱艺术，努力追求，另一方面，你对自己设置的高目标又很不轻松。作为一个男人,要打天下,要做丈夫,做父亲,又要在艺术上有所成就,这都需要一定的支出和承受能力。你在自己的人生中,希望一次又一次地交出好的考卷来。因此,在这样努力和吃苦的自我要求下,在内心深处,在潜意识中是畏惧的。

你的那一次考试,实际上诱发了这种潜在的不能承受的心理。这是第一点。

第二点,你与韩国的朋友吃饭,莫非所有的朋友都拉、吐了吗?

(安子林答:没有。只有我一个人感到不舒服。)

还有,你吃牛鞭不是只吃了一口就吐了吗?

牛鞭是什么?你是明白的。这是一个很容易让男性有心理联想的东西。男人有很多象征。顶天立地是一种象征。事业有所成就是一种象征。做丈夫,做父亲,要把家庭承担起来又是一种象征。同时,他的性功能也是象征。

在这里,牛鞭成为一种雄性的象征,一种强者的象征。你的恶心呕吐,只是心理上软弱和难以承受的生理化。

同样吃牛鞭,别人都没有吐,没有拉,你吃了以后上吐下泻,这在很大程度上不是一般医学上的病菌感染,它表现出的是强烈的心理症状。

在考试中诱发出的症状,没有解决你的根本矛盾,潜意识就用更强烈的方式,更强烈的生理症状,来解决你的心理冲突。

于是,你病了。

第三点,不知你注意到没有,在病中,你虽然很痛苦,请注意我往下要分析的一句很深刻的话,病人有幸福的一面。人在病中可以回避很多矛盾。

你要仔细体会这句话。

本来有许多事令人头痛,子女的事,父母的事,种种人际关系,工作,学习,绘画。病了,晕晕乎乎,这些都可以不考虑了,挺舒服的。很痛苦,又很舒服。这就是疾病的微妙之处。

一病,首先对自己实行了解脱。

这是疾病特别重要的一个心理机制。

要仔细体会病人的心理状态。一方面好像很痛苦,但潜在有一种晕晕乎乎的感觉,可以比较自在了。你只要没病了,一清醒,一振作,立刻要面对许多病人可以回避的东西。

生病有生病的好处。

你生病第一是生给自己的,一病,无形中解脱了很多东西。

从小,你在家中是最小的孩子,天性又不是胆大的人。长大成人后,你在生活中成为这样一个角色:上要照顾老人,下要培养女儿,在妻子面前还要尽丈夫的责任,在事业中还要成为艺术家,要独自闯天下。一个男人活在世界上,要支撑这么多,确实很不容易。

你畏惧了。

你在病中,不要说在妻子面前扮演小孩的角色,在女儿面前都扮演了一个受照顾的角色。你作为丈夫、父亲、男人的角色全部颠倒了,即使画画,也与过去完全不同了。过去,你必须参与美术界的竞争,要得奖,要有成就,现在呢,病了,只要能画,哪怕只画一张,也是超额完成任务。现在画画比起健康的时候,反而要自在一些呢!

作为病人,外界对你没有任何要求和压力,自己也自然而然地将所有的责任都推卸掉了。

因此,你的病第一是病给自己的;第二,你要仔细体会,你的病也是病给你的亲人的。

什么意思呢?按照现代心理学来讲,一个男人在幼年时往往会有恋母情结,你读过弗洛伊德,对艺术与潜意识的关系应该是清楚的。

然而,作为男人,他常常会对自己幼年时得到的母爱不够满足。我感觉到,你在病中,在与妻子的关系中,扮演了小孩子的角色。作为病人,你需要妻子的陪伴、照顾;当你烦恼沮丧时,你需要她的安慰。请体会一下,你扮演了什么角色?不是丈夫,不是父亲,是男孩子在母亲面前的心理状态。

这是男人在软弱时难免出现的一种情结。这种心理很能陶醉、很能满足、也很能腐蚀一个成熟的男人。

　　你的病既解脱了自己,使得你在许多重负面前轻松一点,又使你在心理上有满足和陶醉。当你获得这么多实际的"好处"时,很难从病中完全挣脱出来。

　　我曾经反复说过,一个人是在他需要生病的时候才会生病的。当他真正感到生病的痛苦,又决心健康起来的时候,其他的医疗手段才能完全地奏效。就你目前的情况来讲,大可不必听什么附体不附体一类的话,甚至有些药也可以不吃。你必须很清楚地认识到你的病是有深刻的心理情结的。

　　在我的眼里,这一切清楚得如一幅画。

　　　　　　　*　　　*　　　*

　　接下来是两个人的对谈。

　　笔者:你对我的话有共鸣吗?

　　安子林:有,我明白。我常常感到,我的病好还是不好,中间只隔一张窗户纸,一捅就破。问题是怎么把它捅破。我也知道,只要我真正相信自己的病好了,它也就好了。

　　笔者:这就是奥妙。现在好不好,就在这张窗户纸。这是心理与生理之间的微妙关系。我今天给你打电话,就准备捅你这张窗户纸。我讲话你爱人在旁边能听见吗?

安子林：嗯……

笔者：我往下讲的话，我希望她听不见。

安子林：她现在听不见。

笔者：我今天之所以及时给你打这个电话，是有原因的。因为你的病我看得非常清楚。一般情况下，你的病也许还会拖拖拉拉地拖下去，但也有可能，我们今天的谈话能够帮助你解决这个问题。我只想告诉你，你这个问题不解决，有些后果你终生会后悔。希望你能仔细听。

首先，你会毁掉你的女儿。

我今天看到你女儿了。她身上主要的先天的遗传是你的因素，而不是她母亲的因素。

你这个病，你的弟弟也犯过，这是有遗传的。我在你女儿身上看到了精神不稳定的因素。这是个危险信号。你这两年的疾病，使我在你女儿身上看到了强烈的信息污染。父亲反复重复一种心理模式，在女儿如此年幼的时期，会使她心理上反复模拟，渐渐累积为一种心理模式，一种深深的印记，成为一种运动规律。她和你的心理机制又有着先天的一致，会使她在这方面尤其显得脆弱。

坦率地说，如果你的病再拖长一段时间，女儿在二十岁前后，很可能发生一次较大的心理障碍。

这段话你不能对爱人说，也不能对女儿说。

我今天对她们是怎样说的呢？"你爱人（你爸爸）的病肯定能好"。

这只是我对你说。我对这种事情的预见一般没有错过。

即使你的女儿有很好的环境，使她勉勉强强熬过了二十岁前后的这次危机，在她的一生中还可能出现一次很难跨越的障碍，也许最终会导致她精神失去平衡的。

安子林：我也有这种预感。

笔者：你这两年的病态，对女儿在精神上的渗透影响，造成的印痕太强烈了。她的眼睛深处有一种与你相通的东西。

要想一想，为什么你弟弟有这种病，你也有这种病，你们都存在心理上的遗传因素，精神上的不稳定因素。这种不稳定因素有时表现为艺术天才，有时表现为精神病、神经症的各种契机。

想一想凡·高是怎么回事？

你女儿是个很敏感的孩子。你这两年的病给她的感受太强烈了。今天她对我谈到父亲的时候，是非常善良的表情，既想帮助父亲解决问题，又感到无可奈何。我在她脸上看到她心灵深处有一种战战兢兢的东西。

你懂吗？不能再吓着她了。

告诉你这个比较严酷的事实。你要明白这一点，即使你一下振作不起来，也要想一点特殊的办法进行调整，才有可能使她回避掉这些东西。

如果你不改变，仍旧这样下去，后果难以想象。

刚才你说，对此你也有预感，希望这些话不要和孩子讲，也不要和爱人讲。因为讲出来也是一种心理暗示。只是你心里要明白。

不管怎样，作为父亲，如果出现上述情况，你在心理上永远不能推卸责任。

另外一点，你的病再继续下去，妻子在这两年中就会接二连三地生各种病。

她会患肩周炎，会患颈椎病，随后还会患妇科病，也许身体会越来越差，她会在未来的几年中迅速衰老。

这些预言都将一一兑现。

请想一想，你的病发展下去既会毁掉孩子，还要毁掉妻子，同时也毁掉自己。

比起这些来，一切所谓的"好处"，生病获得的"解脱"，都是毫无价值的，应当有决心一下就放下来。

此外，希望你在生活中不要太执着，包括对待艺术的态度。通常人们总在赞扬对艺术执着的追求，我不赞同"执着"二字，"执着"乃是身心修炼中首先要破除的东西。

要取其自然。

如果你自己病成这样，一个家庭也毁成这样，艺术又有什么意义呢?

安子林:是。我对艺术追求很执着。我的画室叫"不舍斋"。锲而不舍之意。有时候,高目标是很压迫我。

笔者:你病了,什么事都不用干了。从功利主义角度讲,这样做也是不合算的。更何况即使你艺术上获得再大的成功,但自己的人生、家庭都那么不和谐,也是人生很大的误区。

所以,要重视自己在家庭、女儿、妻子面前的角色,要敢于扮演强者。你的妻子给我写过一封信,对你评价很高。说你多年来对她非常好,正因为这样,她才会对你目前的状况那样着急。其实,男人能够照顾妻子、孩子,包括照顾老人,是很幸福的事。你不要丢掉这个幸福。这也是一个使命嘛。要善于扮演这个角色。

至于在人生中、艺术中的高目标,大可不必那么执着。那太愚蠢了。也许你不设立那么高的目标,用很从容的心态去做,倒会成为大家了。

这一点,希望你一定记住。

从现在开始要放松身心,艺术上从容一点,高兴时画,不高兴时也不着急。把自己在家庭中的角色扮演好,该干什么就干什么,该锻炼就锻炼。

你这几年出现的所有情况,几乎都是情绪和心理的影响。在不同的心理背景下,人的体力能产生出很奇怪的差别。譬如说刚刚发生了一场地震,你的妻子、女儿都被重物压在下面,生命处在危险中,你的力量就来了,你会振作起来,想方设法把她们救出来。

因此,我劝你不要在这件事上腻歪,一步就迈过去了。

很简单的一步,窗户纸一捅就破了。

当然,窗户纸一旦捅破,可能要失去点东西,比如生病时那种安闲的心态,扮演小男孩在母亲怀中的陶醉和幸福感,由于生病可以回避的高目标的折磨,这些好处都可能失去。

但比起自己的健康,自己的人生、事业和家庭,你的妻子和女儿,这些好处太微不足道了。今天我看到你的女儿,感受非常强烈。

你应该能下决心。当然,也不要勉强自己。也可能你的身体这两天突然有一点变化了,也可能就从一件小事做起,比如自己独自上街,或者为她们办一件事,自然而然就变了。

要痛痛快快地变。不要怕失去生病时获得的位置,家人的关心,外人的同情,环境的照顾、迁就,这些都不要,没什么意思。那最终会毁掉你,把家庭也毁掉。

只要你明白了,你的病会成为一件好事情,一场磨难嘛。

安子林:主要是体征。我也经常暗示自己好了,可是很不容易接受自己已经好了这样一个观念。老是有体征,头一晕,心就慌了、烦了,不知怎么办。

笔者:要有个适应过程。如果有点头晕,不理它就完了。

安子林:有时候怕自己晕倒,出事。

笔者:要坦坦然然,什么也不用怕。你想活下去,你的潜意识明白这个基本目的。

安子林(有些不好意思地笑了):是。我再晕,两年来从没在马路上晕倒过。

笔者:如果我不讲清楚你的整个环境背景,你还不能下决心。当我讲到你女儿的未来时,你都有预感。自己都有预感的事意味着什么? 要琢磨。

从现在起,不仅要使自己振作起来,能正常生活,同时还要想办法调整,使安琪的处境也要好起来。

当然,病了这么长时间,怎么一下就好了? 脸要能拉下来。说句笑话,一个人病了很长时间,有时不好意思一下就好了。可不是吗,我怎么一下就好了,那我过去的病还有道理吗? 没道理了。

用不着有这种顾虑。病好了,是自己的胜利。你的病就应该好。说没病就没病。身体恢复以后,才可能很好地安排生活,进行艺术上的探索,同时好好培养孩子。

安子林:我有愿望,但是缺乏力量。体征一出现,就支持不住了。

(笔者清楚,对方已经听明白了自己对他的全部分析。然而,潜意识还是要反复抗拒。这时要调动他内在的积极因素。)

笔者(用十分坚定的声音):你有这个力量。那个力量就在于你自己的那个爱心,对妻子,对女儿。那个正义,那个责任心会支撑你完成这个任务的。并不困难。

高兴的话,星期六我还有一个讲座,可以一起来。如果星期六你能来,希望你扮演一个不是她们陪伴你,而是你领着她们来的形象。

安子林:……嗯。

(这一次他没有再"解释",没有再诉说为难。这是个转机。)

笔者:好吧。那会很幸福。做那样一个丈夫和父亲很幸福。你完全能做到这一点。经过这个磨难,你不但能恢复到原来的样子,我以为,你会比原来的性格更坚强。

健康的人是很幸福的,何必要沉溺在不正常的状态中呢?你说明白这个心理的奥妙,相信自己好了就好了,说明你有很高的悟性。一旦你那颗心,那颗坚强的心,要做丈夫、父亲的那颗正义感的爱心被唤醒之后,障碍是容易突破的。我相信这一点。

如果由于你的行为把你的家庭毁了,把另外两个人也毁了,你在心理上没法交代。

安子林:我明白了,星期六我一定去。

*　　　*　　　*

接下来,笔者与患者的妻子交谈,对她进行"角色调整"。

笔者:要记住,在与丈夫的关系中,你要尽量扮演让他照顾你的角色。这一点,你不要告诉他。遇到事让他拿主意,有问题请教他,让他帮助你,并适当表现自己软弱之处。这样才能逐步使他回复到他应该扮演的男子汉的角色和地位上去。你尽可能不要再扮演一个母亲的角色了。甚至于你在工作单位,在社会上遇到什么烦恼,一些为难的事,都可以告诉他,向他"诉苦",让他帮助你。

吕芬:过去总怕他烦,什么都不敢对他说。

笔者:说,但要适可而止。你要对他采取"内助外敬"的方针。内助,就是内里要多方面帮助他,减轻他的各种实际的社会心理负担,有些真正烦人的事不对他讲。但在表面上却要尊敬他,经常拿一些看来为难其实又吓不着他的事情来向他"请示",让他拿主意,让他扮演男子汉的角色。两个原则,一方面,不要用实际上很困难的事情增加他的心理负荷,另一方面,又要让他逐渐意识到自己男子汉的角色。明白吗?

吕芬:明白了。还有安琪……

笔者:让她接电话,我对她讲几句。

安琪(接过电话):叔叔好!

笔者:你在家中现在扮演一个特殊的角色,知道吗?

安琪:知道。

笔者:你的话有时比母亲的话更能影响父亲。你要善于琢磨影响父亲情绪的方法。

安琪(很领会地):我懂了。

笔者:叔叔给你出两个题目,画两幅画好吗?

安琪:好。

笔者:一幅,叫"南国中午的太阳"。一幅,叫"早晨晴朗的天空"。你画一画,好吗?

安琪:好。

第三章

潜意识制造焦虑的两种方式

体征的出现，会引起情绪的波动。但在体征之前，是潜意识的工作。潜意识直接造成恶劣情绪，这是它制造焦虑的第一种方式。潜意识先造成体征，然后再引发出（或是强化）恶劣情绪，这是它制造焦虑的第二种更狡猾、更有力的方式。

星期六下午的最后一次讲座。

往常，吕芬总是来得很早。那天，会场里的人都坐得满满的，我一直注意着。直到开讲的前一分钟，吕芬和女儿安琪才匆匆忙忙出现在会场门口，两人的神情都很沮丧。

安子林没有来。

一切都很明白。意料之外，又在情理之中。意料之中，又在情理之外。

讲座结束后，吕芬又交给我她在会前写好的一封信。

*　　*　　*

柯云路老师：

前天晚上，我感觉到您可能会给我们来电话，但又不敢奢望就在当天。因为您那么忙，心里装着太多的"故事"，肩负着那么神圣的使命。我们这个平凡的小家庭，是多么微不足道，可是您和我们通话了，您来拯救我们这个多灾多难的家。

自从看了您的书，我见了亲戚、朋友、同事，都不由得提到您，结合安子林的病，谈我的认识，劝告他们对一切事物都不要太执着。而且非常希望能与您取得联系。就在这时遇见一位朋友，告诉我您近期讲座的事，我简直不敢相信自己的耳朵，我相信这就是缘分。不但与您见了面，您还与我们全家通了话，我感觉这也是天意，使您和我们联系了，并且帮我们家渡出这苦海。

您那天在会上说出您的感觉——安子林的病态，真是丝毫不差。我激动，震惊，会后大家都围着您签字，不知怎的，我的眼泪止不住地流。我觉得您对我的理解是那么深刻。

上封信我跟您提到安子林生病前，我们夫妻和睦，关系融洽，再加上安琪聪明，好学，有出息，我们这三口之家，亲戚朋友无不称道。十六七年了（除他生病期间）我们无论做什么活动，都是集体行动，况且我们俩又是一个单位，上班一块儿来，下班一块儿走。他在单位搞过疑难机的维修（电视机）、技术咨询及信访工作，我在单位搞宣传，后来当了厂报编辑。1988年在他的帮助下，我考上了职大，学习行政管理，1991年在我即将毕业的时候，他生了病。我一边准备考试，一边陪他住院。有的同事曾说过是否因为我的社会地位比他高了，使他产生了自卑感，因为就在1991年6月也就是他发病的那个月，我大学毕了业，又有了职称，用女儿的话讲，整个一个"阴盛阳衰"。我那天跟您讲他差点没把我给毁了，指的就是这些。因为他从生病的那天起，就寸步不能离我。他无论住哪个医院，都需要我陪着，因为他十几年来一直对我很好，所以我也是全心全意，全力以赴。一年多来我一直请事假、病假在家、在医院照顾他。因此，我的聘干解除了，被宣传部优化下岗待分配，后因待分配影响到家里的经济状况，现在被分配在车间做一般管理工作。这也是暂时的。我们所在的单位被别人吞并，还面临再分配的问题，这也是他病不好的一个因素。单位一派萧条，将来不知何去何从。我若被分在一个新单位按时按点上班，对他的照顾就会少。

　　回过头来咱们再说前天晚上通过话之后,我和安琪激动不已。我们问他的感受,他说:"人家不是说教,让我心服口服。"

　　第二天上午我去上班,下午两点把他和安琪约出来,去了景山公园。(当然是按照您的意图,让他拿主意去哪儿。)从景山回来的路上,我看他总沉默不语,就问他感觉如何,他叫安琪在前边先走(骑自行车),我们在后边,边骑车他边跟我讲了下面的话:"昨天柯老师跟我说,一见安琪,就从她身上看到很多我的影像,我的病对安琪有着很大的影响,柯老师预感到安琪在二十岁左右将有不测。我明白,他给我这么一个暗示,是想转移我的注意力,可今天我的感觉更不好了。我自己并不是不想好,我咬牙坚持到现在,就是为了你们。我非常希望我的病快点好。这一暗示,不但没转移我的注意力,反而增加了我心中的不安。我没有能力保护她。"我对他说:"安琪的身体健康,确实是个值得注意的大问题。"

　　自从安子林生病以来,安琪也几次住院,一会儿怀疑是"心肌炎",一会儿怀疑有"结核",最近又因三低(血小板、血色素、白细胞指数均低),怀疑"再生障碍性贫血",都没有确诊,总是怀疑。

　　一方面面对一个神经症的丈夫,一方面又面对一个既聪明又多病的女儿,您说我能不焦虑吗?但究竟有过那段蹉跎岁月的磨炼,尤其从您的书中得到的启发,我相信我是不会垮的。

况且我不能垮,因为他们需要我。

值得注意的是:每次我给他找一个新的医生时,第一天他都很配合,很信任,第二天准否定,但事后又不承认,总埋怨我不关心他,不抓紧给他治疗。柯老师,今天他来不来我不敢打保票。虽然当时他答应了您,事后他总会反悔。近两年来,他就是这样既折磨自己,又折磨着我。开始他是一种自责、自罪的态度,觉得拖累了我和女儿,可后来,他总说我不理解他,不管他,并时常带着威胁的口吻说:"你们不把我的病治好,你们会倒霉一辈子。"把安琪也带进去了。

我倒无所谓。他再折磨我,就他十几年来对我的关心体贴,到什么时候,从道义上讲我是不会不管他、离他而去的。但从感情上,他让我又可怜他,又对他感觉无奈,几乎没有了那种夫妻的亲情。病中的他已不再像丈夫,我也不像个妻子了。但是孩子,安琪是一个这么好的孩子,为了孩子,我什么苦都可以吃,只要别让再多再大的苦难降临到孩子身上。这两年已够苦孩子的了。小小的年龄,又帮我出主意,又给爸爸做心理疏导,有时孩子的话比我的话使他易于接受。我的话多了,怕他陷于"病人角色"太深;我的话少了,他说我不关心他。安琪都说:我爸爸怎么变了一个人?

柯老师,您一定要帮安琪一把,救救这个孩子。

您给安琪出题的两幅画,她说,她没去过南方,她要捕捉到感觉,即可作画。

等您的电话,望您告知真情。

安琪的妈妈　吕芬

1993 年 2 月 6 日

＊　　＊　　＊

2 月 6 日的讲座,因为是最后一讲,会后不少朋友围着我希望交流。本来,我想专门留点时间与吕芬、安琪谈谈,她们也的确一直在人群外面焦急地等待着。但我无法脱身,时间又很有限。

我被人们拥着走到外面,她们母女俩也推着自行车默默地跟在后面。人们逐渐散开,司机已发动了汽车,我注意到了站在一旁的吕芬和安琪,生活的苦难已深深地刻在母亲的脸上,成为相貌的一部分;偎依在母亲身边的女儿显得那样柔弱,她的神情已大大早熟于同龄的孩子。既有朝霞般的梦幻,又有在打击下不堪忍受的畏惧。她只是求救般地看着我,并不说什么。

我明白,安琪现在也在神经症的控制之下。自安子林生病以来,安琪的几次住院,一会儿怀疑是"心肌炎",一会儿怀疑是"结核",其实都是神经症的反应。包括她最近因三低(血小板、血色素、白血球指数低)而被怀疑"再生障碍性贫血",我也不相信是什么纯生理的疾病。我以为,大多数所谓"真正的疾病"也都是通过心理机制,以"生病有好处"的规则制造出来的。

安琪这样的女孩,如果再被这种病态的家庭环境包围一两年,就会真正成为一个终身多病的人了。

我走过去,对安琪说:放心,叔叔会跟你们联系,会给你爸爸再打电话。

应该说,安子林没有如他所答应的那样前来参加讲座,我是有些震惊的。我尤其没有想到他会将我那些对他女儿与妻子未来的预测告诉吕芬。

治疗将不会是一帆风顺的。我看到了安子林潜意识的顽固面貌。

＊　　＊　　＊

1993 年 2 月 7 日中午,与安子林一家的第二次通话。

笔者:你昨天怎么没来? 我很失望。

安子林:昨天感觉不好,霜打似的,浑身没劲,有点恶心。本来是打算去的,后来躺在床上想休息一会儿,不知怎么就睡着了。

笔者:这也是一种心理反应。据你爱人讲,在这两年的治疗过程中,你也有过类似的心理逻辑。往往一开始治疗,对医生的判断、治疗,采取比较信服和配合的态度,随后,又可能对此否定。这也是焦虑症的一种规律性表现。

安子林:我每次都是体征先出现,随后才是心理、情绪上的反应。

笔者:体征的出现,引起情绪的波动。但在体征之前,是潜意识的工作。潜意识直接造成恶劣情绪,这是它制造焦虑的第一种方式。潜意识先造成体征,然后(也是同时)再引发出(或是强化)恶劣情绪,这是它制造焦虑的第二种更狡猾、更有力的方式。

焦虑症的出现,有很多环境的、人生的原因。昨天你没来,我既是意料之中的,又是意料之外的。所谓意料之外,即你的焦虑症反应比我想得还顽固一些。如果说是意料之中,即是说你昨天的表现反映了焦虑症共有的规律。

作为一个搞艺术的人,我对你的印象很好,我很信赖你。

那天我们谈到,我相信你有一颗爱心,责任心,包括你在与家人关系上的正义感。我们当时得到了一种双方都共鸣的积极结果。在此之前,我在分析你时,说你会好起来的,你一方面相信这是一张窗户纸,一捅就破,另一方面又总在担心,是否会反复?感觉做到这点有困难。

这时,我讲到了你的爱心、正义感,你的善良之心,我注意到,你再也没有做反向的解释。这使我很高兴,感到这是一个转机。

安子林:是,我的焦虑症常常是晨重暮轻。晚上好了,到了早晨又重复。一出现体征,情绪又变坏了。

笔者:这是为什么? 很多焦虑症都有这种情况,许多医生还不善于分析这一点。依我的研究,发现这是一个规律。说起来也很简单。

早晨起来,对一个人意味着什么? 当他经过一个夜晚的休息之后,早晨,他必须面对一个新的开始。他要面对的是社会、生活、工作,面对自己规定的各种任务,他必须进入自己应当扮演的角色。而到了晚上,一天结束了,不管这一天如何,可以休息了,白天的一切负担都可以暂时放下了。这是一般的思维逻辑。不要说一个焦虑症患者,一个有神经症的人,就是普通人也常常能体验到这一点。

我就常常有这种体验。

比如说,这段时间工作一直很紧张,往往早晨就会感到工作压力较大,到了晚上呢,不管怎么说也是轻松的。这是个规律性的东西。

我曾经分析过,你的焦虑症主要是不堪负担你在整个人生中的角色。应当说,你的整个生活环境背景,你面对自己所要承担的责任,你所处的非常现实的工作环境,是不够理想的。这些,你爱人已经对我讲过。这种环境的不理想与你在艺术上和人生中的高目标有着极大的冲突,你无法解脱。

这些现实问题不解决,一旦你的病好了,就要上班,就要绘画,就要做丈夫,就要做父亲,你要承担你在社会及家庭中所有的责任,然而你不愿承担,也无力承担。

这是最基本的现实。

安子林:我病的时间长了,也不考虑自己的潜意识不潜意识了,主要是考虑自己的体征,注意力集中在这里。往往体征一出现,情绪就恶化,成了习惯。怎么能打破这个习惯?

譬如想到一种好的自我暗示,譬如吃了一种有效的药,或者早晨来了一个朋友,转移了注意力,自己不得不接待。总之,如何有一个东西强过潜意识,使我忘掉自己的病?

笔者:你刚才说得很对。如何有一种东西能够强迫潜意识忘掉自己的病,这个想法可与你爱人商量一下。你所体会到的方式是一种很简单、很朴素、但行之有效的方式。

潜意识中的东西,有时你即使意识到了,它还是我行我素。理智上想克服,非常想克服,情绪又不由自主,体征也不由自主。你是一个善于自省的人,愿意分析自己,不回避分析自己,不像有些病人,生病以后不讲逻辑。这都是有利的方面。

我们的方式是两个,一个是分析清楚,还有一个是要找到调整自己的方便的方法。比如在早晨,在情绪易处于恶性的状态时,尽可能找到一件比较提神的事情,做一些比较高兴的安排。这样会有助于你的调整。当然,这需要环境的配合。具体到你,就是家人的配合。

你刚才说,想找一些权威的、在心理上有支撑作用的语言,用它来进行心理暗示,每天早晨起来后多想一想。这个思路非常聪明,很切合实际。我也帮你考虑一下。你可以把这些好的语言写成条幅挂到墙上。可以多写几条。相信它会对你产生好的暗示作用。你是搞书画的,会很容易受到这些语言的暗示。

我曾经让你女儿画两幅画,画南方中午的太阳,画早晨晴朗的天空。这也是对她的调整。南方,中午,太阳,这都是阳刚之气;早晨,晴朗,天空,也是阳刚之气。这对她内向的心理是一种调整。昨天她来听讲座了,我对她讲:以后的活动,要多练练剑、体操、舞蹈等这些形于外的东西,来平衡她内向的气质。这样,内向的气质能够在艺术上表现出来,身心又可获得健康的调整,结果会比较好。

对你的病也不可操之过急,要一步一步来。你的病,说复杂了,好像很重,很难治疗,其实只是一个过程。你现在不就比去年好多了吗?虽然你每一次的自我分析,每一次的自我暗示,好像没有一下子解决问题,但实际上在日积月累地解决问题。

这就是成绩。应当肯定下来。

而且,我以为你在理智上是基本上能掌握住自己的。你刚才说,你再晕也没在马路上晕倒过,这说明潜意识在大的界限上还是能掌握得住的。你愿意和善于进行自我分析,一般来说,对于心理治疗是最好不过的配合态度。这是一种非常清醒、理智的态度。这也是你的疾病不论怎样困难最终都会度过去的保证。

你很敏感,对自己的心理有很高的审视能力,对一般的所谓心理策略都会感觉出来。因此,我对你的态度是:以诚相待,有什么就说什么。

我曾讲到对你女儿的担心。我讲的是真实情况,但也不排除这样一种想法,为了使你能够振作起来,调动你的爱心和责任心,可能会把问题说得偏重一些。因为同一个事物,有这种可能,也会有那种可能。我把问题的最严重性说出来,是希望使你清醒、振作。也许事情并非那样严重。就在那天,我也曾担心,一旦我讲出真话,你感到负担尤其重了,尤其难以承担了,反而造成情绪上、心理上的负面波动。那天的讲座你没有来,证实了我的这种担心。

不要紧。要有一个过程。真实的分析最终会导致积极的结果。

事物是逐步转化的,不要让潜意识畏惧。你目前特别想结束自己的病症,这个主观愿望很明确,你的分析很清楚,这些都是良好的保证。当然,潜意识思维不像理智那样讲逻辑。你感到信心不足,这很正常。

也许你会认为,这些话是一种暗示性语言。可以这样想,但我想告诉你一个真实的感觉,对于你的病,我着急也好,你着急也好,你爱人着急也好,都只是有利的主观因素,还需要很多客观条件,既不必盲目乐观,也不必盲目悲观,在治疗的过程中会有奇迹发生。当然,所谓奇迹,就是病症消失的阶段性比较明确,哎,从今天开始身体就感觉好多了。从今天开始就能一个人大大方方上街了。从今天开始就可以和家人不打招呼去买东西了。

这种阶段性的变化会不断出现,同时不乏小有反复,但会越来越轻,慢慢就好了,还可能留一点小小的尾巴。和正常人也会出现的某种情绪现象差不多。有时会烦躁一下,遇到一些事可能会比一般人敏感些。这也是由于你的艺术气质造成的。

有件事希望你要尽量做到,尽可能不当着女儿的面表现焦虑。我也是做父亲的,我的孩子年龄和你女儿差不多。在这一点上,我们都能体验到共同的心理。在爱人面前有所流露还可以理解,对孩子尽可能不表现。做到这一点,也是促使你康复的一个条件。这个责任感是可以调动起来的。

另外,把你的画室换个名字,"不舍斋"这三个字目前不适合你,会给你带来不好的暗示,会使你紧张,感到压力。要想一个能使你安详达观、随便自在的名字。想名字也有奥妙,你看着顺眼的,对劲的,喜欢的,恰恰是与你的潜在意识相配合的东西。你一看就为之一动,会给你好的暗示。我帮你想,多想几个,供你选择。此外,性格上也要有点变化,要更外向些,要爱玩。要活得洒脱。

我也去农村插过队,在工厂当过工人。人生的道路我也经历过很多,有过各种各样的体验,完全能理解你目前的处境和心态。

我没有去过你家。家里也可以重新布置一下。中国古代不是讲风水吗?有人曾请教我,房子里怎么摆设风水好?很简单,我告诉他一个奥妙,不要请风水先生,你觉得怎么最舒服就怎么摆。这就是奥妙。摆得不舒服,潜意识会感到别扭。你生病在家,环境很重要。哪里不舒服就换一换。

也可以通过画画调整自己,就好像我给你女儿出的题目。以后也会给你出点题目。你懂艺术,好的绘画会使你产生共鸣。要尽可能画一些能启发你情绪中比较主动的、比较强硬的、有力的、积极一面的画,调节平衡自己的精神。艺术家往往很敏感,这同时也容易造成精神上的不稳定,容易受外界暗示的影响。这是艺术家必要的优点,但有时在人生中又表现为弱点。凡·高就是典型,神志不清醒时把耳朵都割下来了。艺术家的性格可爱,又很可笑。

生活中要达观,不要像林黛玉;艺术上要敏感,像林黛玉那样敏感。这样就比较全面了。

这些话,你听了是否有共鸣?

安子林:你今天的这些话,听了很舒服。

笔者:今后一般不要住院治疗。那些场合重症病人很多,你经过这么长时间的治疗和主观努力,已接近尾声了,还到那里受痛苦的暗示干吗?

当然,也不排除借助医疗手段。吃药,看医生,都可以。把医学对体征的直接作用和心理分析、心理暗示、主观上的调动都结合起来,好吗?

与妻子吕芬的对话:

情况我对安子林都讲了。他今天讲得很好。他的病晨重暮轻。要想办法帮助他。

早晨尽可能想一些提神的事。高兴的事晚上不说,早上说。还可以沿着这个思路多想想。心理上的模式要尽量打断,时间长了会有效果。

我对他讲,心理调整的同时,可以配合药物治疗。现代医学对体征的作用一般是积极的。

总之,要有耐心,要积极地想办法帮助他。这是一个必要的过程。你要有信心。

与安琪的对话:

听妈妈说你在画画,很好。要高高兴兴的,该怎么样就怎么样。锻炼,一般的气功不用练,多做些形体性、活动性的锻炼,会对你有好处。

叔叔非常喜欢你。你是个好孩子,长大会很有出息。绘画,学习,身体,三件事都要注意。

对爸爸呢,和妈妈商量着共同关心。画画时要多让爸爸指导你,多请教爸爸。要多画一些有乐趣的东西。与爸爸探讨时,最好在早晨。这样他就提神了。这是叔叔教你的一个方法。

早晨起来,问爸爸,这幅画行吗?有说有笑的。希望你在家里扮演一个有说有笑的角色。这样对你爸爸的身体特别有好处,对你也有好处。

要开朗活泼。人生遇到困难,是件好事情。对你既是个锻炼,也培养了性格。爸爸病了,是一种困难,可是你由此就懂得精神分析了。不然你不会懂。小孩子谁懂这个！你就比同年龄的孩子懂得多啦,对吧? 增加知识了,长大可以给别人分析。说不定将来会成为一个出色的心理医生呢! 一个人从小什么都没有经历过,舒舒服服地长大,不会有出息。

　　你说呢? 好了,现在让爸爸听电话……哦,爸爸出去买东西了。

　　那好,再见。

　　放下我的电话,安子林自己出去买东西了。

　　看来,情况不错。

第四章

对焦虑症、抑郁症的分析与治疗

　　作为研究者，对事物应避免做出常人的道德判断，包括爱憎判断。因为道德判断本身是一种"偏见"，对科学研究而言，是一种不良的甚至有害的倾向。它往往会使你失去真知灼见，陷于主观和片面的境地。精神神经症诱发出的是潜意识，而潜意识通常是非理性的，它外化表现出的往往是不美好的、自私的，有时甚至是可悲和丑恶的东西。

　　1993 年 2 月 9 日。

　　最近，我正在进行对安子林案例的研究。通过对他的治疗过程，希望能对精神神经症现象做出深入分析。

　　对精神神经症以及相关联的心理现象，我有多方面的透视角度。一般的心理分析、心理治疗所依据的是弗洛伊德的精神分析学以及现代医学和心理学知识。当我透视精神神经症时，我将超越这个范畴，把哲学、科学、艺术等多种文化成果综合在一起，并应用我以往在解剖深层身心结构的研究中得到的成果。

作为研究者，对事物应避免做出常人的道德判断，包括爱憎判断。因为道德判断本身是一种"偏见"，对科学研究而言，是一种不良的甚至有害的倾向。它往往会使你失去真知灼见，陷于主观和片面的境地。精神神经症诱发出的是潜意识，而潜意识通常是非理性的，它外化表现出的往往是不美好的、自私的，有时甚至是可悲和丑恶的东西。

当然，在治疗过程中不能排除道德的力量。对道德力量的调动往往也能启发一个人调整自己的心态，重新获得他应有的责任心、良知等等。不同文化背景、不同性格，在生活中扮演不同角色的人，对道德的判断也是大不相同的，要因人而异。

安子林目前表现出的状况，一个男人用疾病的方法回避社会责任，折磨自己，折磨家人，甚至伤害孩子。作为常人，你可以谴责他的软弱，不赞赏他的自私。但作为研究者或者医生，站在这个立场无疑是错误的。他必须表现出对一切精神现象的科学角度的理解，通过对具体案例的研究，设身处地、深入患者身心地体察。

我曾反复讲过，在认识事物时要有"无"的状态。所谓"无"，就是要放下一切主观利害、利益造成的倾向，也放下自己作为常人的感情倾向，放下已有的种种目的、计划，放下自己已有的知识、理论、经验及一切成见，还包括放下自己习惯的思维方式和语言方式。

要真正做到"虚心"。

一般的心理医生也会设身处地为病人着想，但这种"设身处地"还是一般意义的。我在研究潜意识思维时，曾提出"进入他人思维"。这不是比喻性的说法，而是一种真实的、确实存在的现象。当人处在放松状态中体察自己要体察的对象时，是可以进入对方思维的。

不能进入患者的思维，不以极大的耐心和科学态度非常细致地、精确地深入剖析这个案例所涉及的方方面面，就不可能有新的发现。

安子林是很典型的案例，但在精神神经症的范围内又是很普通的。比他症状严重的也很多。当然，他的疾病反应是比较强烈的。

选他做典型，并非因为他的病情最严重，有这样几个原因：

一、他本人有自省能力，有清楚的表达能力。在表达痛苦和分析心理机制时配合得非常好。

二、他的家人，妻子、女儿都扮演着帮助他进行精神分析的角色,对我有充分的信任和理解。这一点非常重要。

对精神神经症患者的深入研究和分析,恰恰可以找到认识并治疗人类精神疾病现象的钥匙。人的精神现象、生理现象、身心关系、身心与整个社会环境和自然环境的关系,其中的奥秘是相通的。

用科学的态度对精神神经症现象做出心理学回答、生理学回答,包括社会学、文化学的回答,这是一个巨大的主题。在治疗疾病的过程中所表现出的人类对真善美的追求,以及对痛苦灾难的拯救姿态,其意义不可低估。

根据目前调查的数字,在大城市,特别在知识界,相当多的人有不同程度的精神神经症。从某种意义上讲,绝对心理健康的人基本上是不存在的,人们或多或少有一些症状,或多或少有一些这方面的体验,只不过未严重到需要治疗的程度。深刻解剖造成神经症的身体和心理机制,对于身心健康的调整是有益的。

当然,它已远远超越了健康问题。研究精神神经症就不可能不对当代人所面临的生存环境、社会环境、人文环境做出深刻反省。这里,它所呈现出的是社会学问题。

我曾说过:一个人缩影着整个宇宙,缩影着整个人类社会。这个案例可以透视到患者的整个身心关系、身心状况,患者与社会所联系的方方面面,包括他的文化环境背景。

目前对精神神经症的治疗,在国际上主要分两大部分。一部分为心理治疗,一部分属于物理、药理治疗,也可称纯生理治疗。

心理治疗,方式之一是心理分析治疗,方式之二是支持治疗。对患者提供心理支持和鼓励。适当改变环境。还有家庭治疗、集体治疗的方式。就是运用家庭和集体条件的配合。还有如行为治疗的方式,举例说,比如戒烟,怎样戒呢? 每当你想抽烟时,让你恶心一下,让你呕吐一下,打断你对烟的联想、嗜好。还有就是药理治疗、物理治疗。各种理疗、吃药。

在这个案例中,我将随机应变地运用一些行之有效的方法:

一、无疑是心理分析。我的分析将会越来越深入,越来越细致。将触及潜意识的各个领域,尽可能将大大小小的潜意识症结(包括隐患)显化、释放;造成疾病的潜意识应尽可能分析到,为患者的痊愈奠定扎实的基础。

二、以诚相待、讲明真相的方针。不断告之以对他病情的判断和未来发展的预测。对方是很有自省能力的人,智商很高。这两年已做过很多自我分析。以诚相待才能获得他的理解和信任,他才会很好地配合。

三、疾病是由多方面压力造成的,要帮助他逐步清除各种压力造成的心理负担。

1.放弃艺术上的高目标;2.改善社会生活中面临的窘境;3.调整家庭生活中扮演的角色;4.消除由于性能力的力不从心所造成的压力;5.利用心理暗示的方法;6.以鼓励为主;7.打破晨重暮轻的心理模式;8.要求家人的配合;9.进行各种生理、物理治疗;10.调动他的责任心,利用现代道德场的力量。

对精神神经症的治疗,不可操之过急。要有一个过程,会出现反复。这都是正常的。许多病都有一个过程,连感冒都不例外。

神经症发病及治疗的过程一般呈现如下几个阶段:

1.释放能量;2.得到好处;3.体验痛苦;4.物极必反。

在释放能量的阶段,潜意识被压抑的能量会以激烈的形式爆发出来。如恐惧现实,逃避心理,都会在这一阶段以病态的方式得到表现。

由此,他受到了照顾,不必再承担正常人所应承担的各种角色和责任,这即是得到好处。

然而,疾病毕竟是痛苦的,病人必须充分体验到这种痛苦,并对病痛所造成的对自己与家人的损失有越来越明确的认识,才可能生出结束疾病的愿望。

这即是物极必反。阴盛极而阳始兴。当病人未产生康复的愿望时,你的治疗往往很难奏效。

关于支持治疗,应当认识到,充分的支持是必要的,但过分的支持是有害的,它必然造成患者对亲人、对医生的过分依赖,使他难以摆脱病人角色。

一定的支持,同时又通过适当的调度,不使病人产生依赖心理;随着健康的恢复,使患者逐步找到自己在家庭和社会的位置,恢复精神上的自我支撑。

从表面看,神经症患者往往并未发生生理上的病变,为什么有时还要允许甚至支持病人进行各种生理或药物治疗呢?

很简单,譬如一个人腰背疼,很可能是心理重负造成的,但通过按摩、针灸,疼痛会减轻,也会导致心理状态的变化。同样,精神神经症患者的体征,也可以通过药物治疗减轻。体征的消失或减轻,可对患者的心理有所支持。医药、医疗既是一个台阶,也是一种方法。对于许多病人来说,你说他只需要精神的调整,而没有生理的病变,他是不能接受的。不吃药不打针,只谈谈话病就好了,说不过去,面子上下不来。

这就是"台阶"。

同时应当承认,虽然绝大多数病是精神原因引起的,但药物确实能缓解或消除症状。医药医疗,可以看成医学对患者的一种支持,有象征意义,病人可以把它当作整个社会、现代医学对他的支持。人为什么要去医院,一去医院就踏实了? 这就是整个社会场对他的心理支持嘛。

第五章
心理分析使潜意识显化

心理治疗，其中重要的一条就是进行心理分析。要尽可能把潜在的、未觉察的意识分析清楚，使之显化出来，变成自觉的东西。

心理上的潜在能量得到释放后，体征及人的焦虑情绪会自然而然地弱化和消失。

1993年2月9日晚，与安子林家的第三次通话。

安子林的母亲接的电话，说安子林与吕芬、安琪一起送客人去了，几分钟就回来。笔者本想趁这个机会与安母谈谈，进一步了解安子林的情况，但考虑到她年迈，身体不好，就算了。几分钟后再拨电话，三人已回来了。

接电话的是吕芬。

吕芬:是柯老师吧? 我们刚才送一个美国朋友去了。她是来中国上大学的。过去安琪去美国时曾住在她家里。她今天来看安琪。她在中国学习的一门课是中国美术史,安子林刚才给她讲了半天……对,她是个女孩子,很开朗的性格,叫琼。起了个中国名字:白智莉。会讲汉语,对中国文化有理解,知道八卦。安子林拿着自己的画给她讲了半天,兴致很高。女孩子也特别高兴,觉得找到了一个好老师。他们已经定下来,以后她来家里向安子林学习中国美术史,一周两次。

笔者:这个情况很好。安子林开这样的课,对身心调整会有很大好处。有的时候,类似这种情况是治疗他的疾病的最有力的方式。这叫进入强者角色。这两天又去医院治疗了吗?

吕芬:想做血液净化疗法,已经预约了,血也验了,肝功能正常。

笔者:这两天他情绪怎么样?

吕芬:昨天晚上有些解不开。

笔者:什么事?

吕芬:就是有些体征。吃过早饭以后,感到很累。我们拉着他去医院看验血结果。他一般不愿进医院,怕受暗示。但本身是个病人,又求医心切。我给了他一个积极的暗示:你今天很好,明天还会比今天好。可是第二天,他又出现体征,说:我没好。我对他说:总会好一点。就是这么个情况。

笔者:现在,我提第一个问题。记得你告诉过我,安琪曾说,咱们家整个一个阴盛阳衰。我接触过很多家庭,凡是男女双方在社会地位中女方超过男的,健康的男人一般在心理上都会很敏感。你是否感觉到安子林在这方面有过潜在的压力?

吕芬:过去没有。那时他还帮助我。他生病以后,同事提醒我,问他有没有这个压力。安琪算了一卦,卦象说,女子太强,不适合做妻子。算卦的情况安子林也知道。我就想,安子林的潜意识知道了。为了他病好,我什么都不在乎,什么职称、学历都不要了。干脆衰落到底,在单位爱怎么样就怎么样。后来,女儿又算了一卦,井卦。安琪说:妈,你不能再衰了,已衰到底了。你也应该小心点,慢慢井就有水了,供大家饮用。她对我说:妈,你还要保持你的本心。

笔者:第二个问题也许更加敏感。按照我对安子林的感觉,包括对他的身体、情绪的感觉,在他生病之前,我估计他在夫妻之间的性生活及性能力方面,处于一种心有余而力不足的状态。不知他在这方面有没有压力?

吕芬:性生活方面,十几年比较协调。但他比较文弱,男子汉气质不强,生病以前一个月一次。感到精力不足,心里有些压力。一次夫妻生活,往往很长时间缓不过来。他说:我不行了。我鼓励他:你还是行的。我们家是两居室,阳台被包起来,成为一个小间。小间原来是安琪住,他病了,就让给他住。一住两年,不想出来。女儿说:爸爸,这间房该还给我了。他就是不换。

（妻子的这一段叙述是非常重要的。在中国这样一个对性问题较隐讳的国家中,许多疾病——特别是神经症——涉及的性问题往往被掩盖起来。特别在知识界,由于生活、精神的压力而造成性功能衰退,反过来性功能衰退又造成了新的精神压力,这种恶性循环的公式,几乎使得相当大比例的人都患有不同类型的神经症及其他身心疾病。）

笔者:现在,我想问第三个问题。第一次见面时,你说:我知道,他生病是有需要的,他用生病的方法把我拴住了。这句话你是脱口而出的。那么,他是否有种潜在的心理负担,不生病,你就不会如他期望的在他身边?

吕芬:没有,病以前没有。我学习,他一直还帮助我。生病以后,特别是一住院,就对我表现出孩子般的依赖,把我拴住了,他很有些自得。我原来很精神,不久前女儿对我说:妈妈,你现在成鹿了,眼皮好几层,愁眉苦脸的。医生说,神经症不传染,但感染。医生让我带着他,回忆初恋时的情景。我们到恋爱时的地方去散步,他说找不到那种感觉。他对我说:他指望别人指望不上,好像掉到河里要捞根稻草。"你就是那根稻草。可我又不愿连累你。"今天一起去医院,他又说:我又要去治疗,你能不能再请一个月假？我们的厂被别的厂吞并了，两千多人都有个再分配问题。我现在只能待分配。我一直希望有转机，可一直没有。

笔者：我估计他今年春天会有大的好转，因此，你一定要有信心，要特别坚定。你已经做了大量工作，努力会有成效的。如果没有成功的希望，我应该告诉你真相。

客观地分析，他的病确实比较典型，在神经症中也是比较严重的，这是问题的一方面；另一方面，有利的因素也很多。

首先，安子林心地善良，本人素质好，善于自省，对自己敢于分析。在和我的对话中，不论他的潜意识怎样活动，都很诚实地接受我的分析，还常常配合分析，讲出更多的潜意识活动。至于事后潜意识的抗拒，是他的理智无法支配的。仅就这一点来讲，他是个很好的病人。

他对家庭、对你、对孩子都有爱心、责任心，这是他康复的一个特别有利的条件。

碰到一些人品不好的患者，正面力量不够大，就会很困难。

第二个有利条件，是有你这样的妻子。你是一个善良的、有责任心的妻子。爱丈夫，爱女儿，有相当的文化素养，懂得心理分析，能吃苦，承受能力强，这些优点给我印象深刻。

第三个有利条件，是你们的女儿。女儿年纪虽小，但很懂事，对这个问题表现出高度的理解力。在治愈安子林的过程中,她会很好地配合你,起到你起不到的作用。

你的家庭并不复杂,一家三口,关系和谐,有很好的基础。

第四个有利条件,安子林现在已充分体验到生病的痛苦。生病虽有好处,但痛苦也是很大的。不充分体验到生病的痛苦,就不会有决心摆脱疾病。这是一个根本的心理机制。潜意识不感受痛苦的折磨是不行的,这个过程是必要的。

由此产生了第五个有利条件,安子林已从内心深处生出了使病相结束的决心。虽然这个决心会时时被潜意识所抗阻,但决心一旦产生,会逐渐起作用。

第六个有利条件,经过这么长时间的治疗、求医,你们已经有了一定的经验,遇到病情的反复,知道该怎么办了。

第七个有利条件,你们得到许多朋友的帮助。包括我在内。我的分析会对安子林产生很大的心理支持。当然,我会掌握这个限度。过分的支持会使病人产生依赖心理,那反而会延缓他恢复到健康人的角色中。

总之,希望你有耐心,有信心,相信你会经受住考验。

＊　　＊　　＊

紧接着,是与安子林的谈话。

笔者:我们已进行过两次谈话,希望我们现在的谈话能够比以往更深入一些。

心理治疗,其中重要的一条就是进行心理分析。要尽可能把潜在的、未觉察的意识分析清楚,使之显化出来,变成自觉的东西。

心理上的潜在能量得到释放后,体征及你的焦虑情绪会自然而然地弱化和消失。

下面,我想问你几个问题。

我们曾分析过牛鞭,它是一种象征物。它象征着雄性、阳刚、健壮,等等,它还象征着男人的性能力。

我了解过许多家庭,进入中年后,相当一些男性在性能力方面有力不从心的感觉,不管他承认不承认,都会有一定的心理压力。请体会一下,你在生病之前是否有一点不自觉的压力?

安子林:哦,有一些。

笔者:那么,请再体会一下,如果病好了,精神上能解脱吗?

安子林:可以。

笔者:只有将一切都挑明了,才能使潜意识显化,病症消失。要分析你所面临的压力,哪些超过了你能忍受的限度。再仔细想一想,小时候有没有过某种心理创伤? 这对童年的分析很重要。

安子林:关于童年的创伤,好像没有。成年后,一切功能也都正常。心理上感到不够满意,压力有一些。已经进行过很多分析,但这些都属于正常范围。

(在弗洛伊德的理论中,神经症与性方面的原因,与童年的心理创伤有重要的联系。弗洛伊德是深刻的。当然弗洛伊德有时也不免有绝对化之嫌。

我在分析神经症患者的实践中注意到,神经症患者常常不仅具有童年时的原因,还有非常强烈的现实生活原因。仅有童年某些记忆刻痕,如果没有现实原因,并不会诱发神经症。而即使没有童年记忆的折磨,仅仅是现实的原因,也可以制造出神经症来。

更深刻彻底地说,现实的生活原因几乎可以制造出任何疾病来。)

笔者:想一想,生病之前,有哪些感觉比较累、精神上比较紧张的事情?再想象一下,一旦康复进入社会,哪些是比较怵头的事?

安子林:社交是一个,再一个就是体力。

笔者:有可能回避上班吗?

安子林:现在希望上班,主要是体力不行。体征不是主观能掌握的。你还没有意识到,体征已经出现了。不管是什么原因造成的,体征一出现,情绪就坏了。事实是体征在先,情绪为后。不是不想好,也不单纯是主观愿望的问题。每当体征一出现,越想战胜,越感到吃力。现在稍有风吹草动,就怕又回复到原来的状态,心里没底。

笔者:不会的,回复到原来的状态,根本不存在这种可能。

接着刚才的话题。当你在考试时出现第一次神经症症状时,潜意识只稍稍发作了一下,就被掩盖了。你在吃牛鞭时,潜意识便以此为突破口,用非常激烈的方式将积压的能量释放了。但任何能量的释放都是有限度的。随着释放的过程,强度也会逐渐衰减,直至平静。我研究过很多癌症,绝对地说,癌症在某种程度上也是由于心理原因造成的。感冒,肩背疼,都和心理有关系。

安子林:都是心理原因吗?我那次拉肚子时,白细胞、红细胞、血都有。

笔者:也可能你在吃饭时有些不洁之物,心理因素趁机夸大了它的反应。人都是有抵抗力的,肠胃有很强的灭菌功能。潜意识借助外在因素造成病症,病症的出现又诱发了潜意识的能量,于是,情绪与体征相互推波助澜,造成强烈的反应。一病就是这么长时间,绝对不是纯生理的原因。

恐惧感的诱发使你一下缩到非常软弱的地位上去,像一个需要母亲照顾的小孩,这时,你知道,一切面对自己的压力都不起作用了。

　　然而,如果你痊愈了,你重新成为健康人,所有的压力都在前面等着,你所面对的一切都没有改变,潜意识是畏惧的。消除这种畏惧感,绝不是努劲能够奏效的,也非理智能够掌握的。潜意识决定着你,支配着你,只要觉得前面有危险,它就不让你蹦出去。

　　根本不要可着劲儿蹦。遇到有体征时,有时可用暗示的方法消除,有时恰恰可用相反的方法,告诉潜意识,爱怎么着就怎么着。愿意难受就难受,听其自然好了。

　　要有一个自然的过程。

　　安子林:往往早晨起来,干一点活就像中毒一样,很累,很疲乏,想躺下。一躺下,马上感觉得到安慰了,我可以逃避去干什么了。但躺下以后又睡不着,想事,想来想去,还是这点事,觉得应该起来,起来后又觉得头晕脑涨。来来回回在这个旋律中。

　　笔者:你刚才对自己的心理分析多清楚。为什么你的病晨重暮轻? 晚上就可以躺下了,你刚才分析早晨的心理过程,起来就难受,躺下就得到安慰。很好理解。通常到了晚上,人就可以彻底地躺下休息了。这时心理上会非常放松。了解了自己潜意识的活动,对它就可以采取恰当的方针。

　　潜意识还有一个特点,即使你分析清楚了,症状的消除也还要有一个过程,不是用劲就能改变过来的。有时还要具体的安排、布置。比如，早晨突然来了个朋友，一岔，也就过去了。

如果早晨经常有朋友找你呢？反复打断，时间长了，反应的链条就彻底断了。

今天不是有个美国女孩子来吗？如果这个美国女孩早晨找你上课，你不起也得起。在那个女孩子面前，你是强者，是她的老师，你会感到一个成熟男人所具有的自信和尊严。而当你一进入病人角色，环境照顾你，一方面满足了潜意识的某种需要，同时，传递潜意识的暗示也是有害的。

尽量将有意思的事、喜欢干的事安排在早晨，比如讲艺术、上课，不要理潜意识会怎样。我已经安排好了，没退路了。早晨起来后，使潜意识来不及做躺下来的安慰工作。

这是一个简便的方法，包含着行为疗法、鼓励支持疗法的奥秘。它往往比吃药、打针及一般的精神分析都起作用。潜意识是很聪明的，当你面临着许多确实不愿正视的事物，又没有力量去改变它时，想哄骗潜意识是不可能的。

假如从明天开始，你再不用去上班，可以随心所欲地绘画，你的画得到普遍的赞赏，全世界的人都排着队抢购你的画，哪怕是一小幅，也会被高价买走，你凭此就可以调整好一切社会关系和环境问题，你的病自然而然就没有了。

这是肯定的。

疾病之所以不能很快痊愈，就是因为你还面临着许多潜在畏惧的问题。

你现在待在家里,想一步迈到门外面去。外面的世界你虽然看不见,但它的严酷性你都感到了。外面也许春暖花开,也许狂风暴雨,也许会有很多朋友,也许会有讨债吵架的人。你犹豫。不要紧,把这一切都摆出来,别藏着,一件件分析,与家人朋友商量。哪些确实能想通,在心里不畏惧,哪些事可经过改造处理,将压力转变为兴趣,转换为生活的动力。把每一桩压力都列在纸上,都分析清楚,都想通,都找到方法,那时症状会自然消失。

比如我自己,常常要参加一些活动。有时还未出门就感到很累,但不自觉。一想,明白了,参加这个活动有些勉强,不大情愿。不情愿的事情支出就多,所以会感觉累。这样一分析,就和潜意识对话:这个活动是不是必须参加? 回答是肯定的。如果必须参加,就要高高兴兴地去,免除不必要的疲劳。相反,高兴的事,即使体力上支出很大,也不觉得累。有一句话,叫"乐此不疲",人逢喜事精神爽嘛!

情绪是由潜意识支配的,神经症不过是潜意识支配人的一个比较集中的典型反应,它是情绪集中和深刻的反应。

讲个笑话,我认识一位名医,从深圳到北京办事。不少人慕名而来,找他看病的每天排着队。事后他对我说:那些天实在太累了,吃不好饭,睡不好觉,连轴转,觉得挺不住了。可周

围的人都说,名医,医术高强。他就不敢病。没有名医那块牌
子,早撑不住了。

　　我还有一位朋友,前几年面临着退休,很苦恼,神经衰弱,
体重迅速减轻,去医院检查,以为得了重病。不久单位决定返
聘,让他继续上班,他不仅没病了,连体重都恢复了。你看,人
的精神作用就那么大。有一个具体建议,你的"不舍斋"可以
改为"随意斋"。"随意"二字,既是禅宗用语,也很艺术。这两
个字可以使你的心态感到自由。如果在家里挂条幅,可以挂这
样一些:"我不病,谁能病我",这是一句古语,禅宗也常说;"民
不畏死,奈何以死惧之",这是老子《道德经》中的话;"顶天立
地",既是成语,也是练功术语。你自己还可以想一些。有利的
因素综合在一起,事物必然会发生转化。

　　我对你讲过你女儿的事,是真实的。当时有点吓着你了,
不要紧。那是一种警醒,目的是希望你振作起来。你是很能影
响女儿的。当你战胜了疾病,健康起来,会给女儿带来很大的
积极影响。

　　虽然我不鼓励你在艺术上为自己设置高目标,但我估计,
你将来会在艺术上有所成就。有机会我们可以专门在一起探
讨艺术。

　　对你疾病的分析,对我也是有帮助的,这是我目前正在研
究的领域。你如实的回顾,增加了我在这方面的知识和经验,

你的诚实给了我很深的印象。

应该说,我们的交往是一种缘分,你和你的一家人都有令人尊重之处。

苦尽甜来。这段生活是一种体验,对你未来的艺术创作会有启示,它至少会增加你对他人的理解。

思路要开阔一些。要尽可能与这两年的生活划出界限。就像一个人的腿坏了,走路要用拐杖,腿好了,把拐杖一丢,不但扔了,还要把拐杖烧了。这在心理上就完全好了。

春暖花开了,要和旧的东西告别了,要有这种心态。

生活环境、室内布置、生活节奏,都要有变化。要与这两年的生活告别。

安子林:我病中常想到一个情景,大象群。大象在壮年时努力维护自己的象群,衰老了,主动离开象群,到一个山洞里自己死掉,不拖累群体。我总在想象大象的旋律,这种消极的想象打不断,让我很恐惧。我总想:我的孩子、妻子都很脆弱,家里需要一个男人。如果我真的起不来了,不如学大象,别拖累她们了。

笔者:这就是所谓的"自杀倾向",这是抑郁症的普通症状之一。你是焦虑症、抑郁症、恐惧症并发的神经症。自杀倾向不过是对人生压力畏惧的转化形式。把压力看轻了,它也是自然就消失的事情。

你刚才讲到大象,坦率说,只有你好起来,这个家才是幸福和睦的。一旦你去了,想一想,没有父亲的女儿,失去丈夫的妻子,她们的一生会怎样呢?

对大象的旋律不必恐惧,有时浮现,随它去,如夜晚做梦,别理它。

告诉你一个奥秘,当一种想法出现时,使劲排除是很难的,就好像一个人不困,睡不着,越强迫自己,越睡不着。

这时怎么办呢?一个是注意力的转移,去干点别的事。不要强迫自己,执着的结果,必然逆反。

如果一定要躺着,可以用旁观者的态度,好像另外一个人在看:我倒要看看安子林的心理活动会怎么发展。你会找到另一个自我。超脱一些,用那个"真我"去看那个"假我"。《金刚经》中有个宗旨,叫作"不降而降"。有人问释迦牟尼:我的心不安,怎么能降服住?《金刚经》说:不降而降。

当你对现实的一切不再畏惧时,这个门槛一步就迈出去了。

希望你早一些迈出去,毕竟是春暖花开了。

作为一个人,还是健康地活着幸福。

我断言,在这个春天你的身体会有大的好转。

第六章

疾病往往是"战胜"家人的最有效手段

　　疾病在很多时候是应需出现的。需要之一,就是改变家庭内的关系,达到"战胜"家人的目的。当儿童为了战胜父母的时候,不仅可以大哭,还可以哭到咳嗽,哭到喘不过气来的程度,以至真的发烧、咳嗽起来。哪个父母不屈服?哪个家长会想到这是孩子在"巧妙"地战胜自己?

　　1993 年 2 月 13 日中午,笔者写下一段文字。

　　在这段文字中,笔者明确提出了:疾病在相当大的意义上是病给亲人的。疾病往往是一个人"战胜"家庭其他成员的最有效手段。

　　全人类都应该认识疾病的这一丑恶面貌。

札记:关于神经症的若干联想

安子林的神经症从相当大的意义上讲,是病给亲人的。倘若他现在身边没有妻子、女儿,他的神经症或许早已失去了大半存在的条件。

从某种意义上讲,照顾他的人——妻子、女儿,既是他康复的心理支持,又是他完全康复的主要障碍。

考察生活中的情况,经常看到一个家庭中,疾病往往是一个家庭成员"战胜"其他家庭成员的有效手段。当病人一次又一次尝到疾病的好处后,潜意识就止不住在必要的时候重复这个方法来达到同样的目的。

在有些人身上,这种情况简直表现得淋漓尽致。只是因为通常的人没有这样的透视力,会想当然地以为:谁愿意病呢,莫非病还能是假的吗?

我们说,病都是真的。然而,病在很多时候是应需出现的。需要之一,就是改变家庭内的关系,达到"战胜"家人的目的。没看到吗,当儿童为了战胜父母的时候,不仅可以大哭,还可以哭到咳嗽,哭到喘不过气来的程度,以至真的发烧、咳嗽起来。哪个父母不屈服? 哪个家长会想到这是孩子在"巧妙"地战胜自己?

从小，一个人的潜意识就明白疾病的效用。随着年龄的增长，它会越来越老练地、习惯地运用这个策略。

神经症常常是很典型的表现。

一定要把这奥秘告诉吕芬。是要好好照顾安子林，她是他的主要支撑。但实际上，她又是他神经症痊愈的最大障碍。她要帮助他，又不能迁就他。她不能纵容他反复运用自己的神经症。她不能用各种照料他的行为继续给他造成患病的条件与暗示环境。对待安子林这样的神经症患者，如同对待孩子，照顾要有限度和方法，否则，"溺爱"就是害了他。

这时，作为妻子的吕芬，其自己的智商就很关键了。有些女人，无论作为妻子，还是作为母亲，都缺乏足够的理解力，你很难使她深刻地理解这一点。因此，也更难教会她什么巧妙的方法、策略。

这个方法、策略主要凭患者的妻子依据对对方心理、潜意识的判断，随机掌握。吕芬是个比较聪明的女人，她能理解这些道理。然而，初步的理解与深刻理解是两回事。深刻的理解与善于寻到聪明的方法又是两回事。

莫非能每天教她一些方法吗？自己目前很难有这么多时间把注意力放在某一个病例上。

吕芬应该明白，她丈夫的病现在其实就是他本人还不愿意真正好。痛苦是痛苦，但痛苦降低到可忍受的限度了，而患病的好处还是不能丢舍,神经症就在一定程度上维持下去了。

往下,无非是几件事:

一、更深刻、全面地分析。因为分析还未最后完成。吕芬在电话中说她正在给我写封信,谈安子林从小的家庭情况。安子林也说,要等见到我时详谈他的患病过程。在那之后,自己对安子林的分析将全面完成。

二、要改变安子林的环境,改变家人对他的态度,要把讲艺术课这样的事情逐渐引进他的生活。其实,以后到一定程度时就可以不谈病了。就是谈生活,谈绘画,谈实际的事情。神经症又有什么可谈的呢?

可以肯定,他不会再出现像去年那样剧烈的反应了。

三、他想去医院治疗,一般可以劝止。实在要去也无妨,给他以心理支持,给他疾病的"痊愈"以"台阶"。

四、配合其他治疗手段。

神经症是令人同情的,同时又是令人讨厌的。社会上有那么多神经症,是人类本身难逃的苦难。放大点说,所有的疾病都是人类社会必然的一个部分。

人类莫非能没有疾病吗?

迄今为止,有多少人真正理解疾病的人类学意义?

苦难的人类。

想到禅。想到"契机相合"四个字。

第七章

延缓不止的治疗只会强化患者的病人角色

要有坚定的信念。当潜在的心理都分析清楚了,当疾病所谓的"好处"都看清了,当疾病的痛苦都领略够了,这时,战胜疾病的信心常常成为病人痊愈的首要因素。

一个星期没有与安子林一家人通电话。一方面由于工作忙,另一方面是有意拉开时间距离。在开始的一周内与他们通了三次电话,那是作为心理治疗的第一阶段,对他们输入的信息密集一些。第一阶段把基础打好了,再往下就不需要那样密集了。基本上可以考虑一周一次。准备经过五六次或者七八次的治疗,治愈安子林的神经症。

有这样一些策略问题:

一、绝不可把治疗时间拖得太长。安子林已经在各种治疗中沉溺了两年。病人的角色感已经很强了，很顽固了。再拖延下去，无疑是继续暗示、强化他的病人角色。要尽可能较快地、有力地结束他的神经症。从某种角度说，延续不止的长久治疗只会起副作用。

二、现在开始的心理治疗必须是有力的、迅速推进的。绝不能无休止地原地踏步，绝不可重复，绝不给病人造成日复一日的循环暗示。要有鲜明的、明确的阶段感、节奏感。

三、具体来说，在对安子林进行心理治疗时，不仅每一次要有力地解决实际心理问题，获得心理机制上的实际成果，而且对治疗的阶段性要向病人明确宣布。这样，他才能强烈感受到这是在一次次推进。

不能让他再沉溺在病人的角色中。长久的噩梦到了结束的时候了。任何延绵不止的拖拉治疗都会腐蚀病人的身心。

一周以来，没有打电话，是等待安子林及其妻、女消化在第一阶段治疗中我对他们的种种分析。

＊　　　＊　　　＊

安子林的妻子吕芬在这一周内接连来了两封信，都是《当代》编辑部转来的。

这两封信对于研究神经症是很有价值的资料。

吕芬的第一封信

柯老师：您好！

通过这几次接触，我感到了您的善心，您的真诚。我和安琪对您的崇敬之心，似乎已不好用语言来描述。

知道您将对人的生理、心理与疾病做专门的研究，所以我想较详细地向您提供一些关于安子林的家庭、社会地位以及政治诸因素与他生病原因的内在联系。作为一例典型的神经症病例，如果能对您有所帮助，我将感到欣慰。

安子林出生于一个"没落的贵族家庭"。具体地讲，他的爷爷曾是奉系军阀张作霖手下的高级将领，年轻时留学日本。母亲是他父亲留日的同学。他们的父辈是世交。

新中国成立后，安子林的父亲又在北大等校继续学习，到头来像他那样的子弟只被分配到一个护士学校当政治教员。母亲在一个机关的图书馆工作。安子林的父亲性格内向、倔强，反右时因与当时的大右派葛佩奇住邻居，说了一些同情的话，也被打成右派，"文革"期间受尽迫害，胳膊被打断，后被发配到青海，安子林也随父去了几年。"文革"期间他家被抄，当时只有安子林一人在家。那次抄家对他的刺激不小。

安子林从小聪明好学，表现出对声乐、美术、历史、文学多方面的兴趣，但因他所处的家庭环境及祖辈的遭遇，在他幼小的心灵中无疑留下了深深的阴影。在学校里，他努力学习，可就因为他的出身，好事都和他不沾边，老师对他的评语是"活泼不足，严肃有余"。他胆子小，与同学很少交往，成年后也是极有限地社交。

安子林的母亲是那个时代典型的知识分子，忙她的工作，况且又是一副"林黛玉"式的身子骨，对于孩子们她难于给太多的母爱。我和安子林认识时，他父亲还在青海。只他和母亲同一个跟随他家多年的老保姆住在一起，他和母亲总是没有更多的时间交谈。

这次安子林发病，他母亲一直表现出一种不理解的态度，有时她的一些很平常、很正常的话就会让安子林受到刺激。而这些话对安子林的刺激，他母亲也不理解。他们母子之间的不沟通，也是安子林久病不愈的原因之一（母亲使他不得依赖）。

安子林在与我认识之前，有过一段给他心灵留下了阴影的初恋。那是"文革"期间，他是个"狗崽子"，与一个女孩同病相怜并相恋，但当一个出身"红五类"的复员军人出现在他们中间时，那个女孩义无反顾地离开了安子林。这无疑使本来就很自卑的他，更增加了几分懦弱和心灰意冷。

　　我出身于工人家庭,我的母亲爱子如命,我也是很孝顺的女儿。我知道人类是离不了爱的,所以当我听完安子林悲凉的身世与不幸初恋的叙述后,我顶着社会舆论的说三道四以及朋友们的"好心劝说"与他结合了。安子林对我那种不顾世俗的偏见以及政治上的压力而做出这种抉择,内心是非常感激的。但在我眼里,安子林近乎完美。那么能理解我,有男人少有的细致,学识渊博(比我),会体贴人,对我绝对忠实,感情那么细腻,总之,婚后我们一直是出双入对,买瓶醋都是一块儿去。有了安琪以后,我们仍是相亲相爱,并给予了安琪全部的父爱和母爱。十几年来,我一个人从来没有单独看过一场电影。其实,从小我就对文学艺术很感兴趣,看过不少世界名著,爱唱,爱跳,曾梦想过当演员,爱给大家讲故事。婚后的十几年,我们一直处在一种祥和温馨、缠绵厮守的境界中。这是造成安子林久病不愈的原因之二(这都是我近期悟出来的)。我们的生活方式有问题。

　　安子林从小喜欢绘画,没搞成专业,利用业余时间作画,白天上一天的班,下班后已很疲惫,但他还是坚持作画。在他发病的前三个月,一天他感到头晕,到医务室一量,血压 150/100mmHg,大夫给开了假,这样一连休息了三个月。在企业连续病休半年就可吃劳保。为了绘画,他很想吃劳保,但又感到总得到医院开假很麻烦,也很费劲,正在这个时期,他"真的病了"，病得住进了医院。我感觉这是他生病的第三个原因(一种需要)。

住院的一天夜里，他经历了一次对危重病人的抢救，大夫们出出进进，家属们焦急不安，各种仪器嘎嘎作响……这一切把他吓坏了。从那个可怕的夜晚之后，他失眠了，书不能看了，收音机不能听了，大脑里总像亮着个灯泡，呕吐，一顿饭吃不了一两，三个月一直靠输液维持。这次抢救病人对他的恐吓是他生病的原因之四。

安子林不但喜欢绘画，对中国的陶瓷也感兴趣。就是他因"高血压"在家歇病假期间，安琪被怀疑"心肌炎"也休学在家。他带安琪去了一个离我家不远的未正式开放的公园"柳荫公园"。那里原来是一片坟地，后被解放军某部改建成鱼塘，随着裁军的指示，这个鱼塘也无用武之地，又被翻建成公园。他带安琪去"柳荫"时，正值那里在翻地、建设中，无意间他们发现了地上有块晶莹剔透的瓷碗片。那是一块明朝万历年间的瓷片。接着他们两人拿把小铲天天去"柳荫"，挖掘、拾捡了二十多斤清、明、元、宋的各种瓷片，每天两人都如获至宝，把捡来的瓷片刷洗干净，根据它的花纹图案、质地、落款，再参照一些书籍，分门别类地把捡拾的瓷片加以鉴定，从中受益匪浅。我们再去故宫或博物馆看到一些瓷器，安琪都能识别。什么苏伯尼青啦，什么大明宣德年间的啦，父女俩从中长了见识，得到了乐趣。可就是这件事，在安子林发病以后，也成为他的一个心理障碍。他觉得是自己挖了人家的坟，得罪了鬼神。也就是此时，一个从河北来的老太太，据说专治"虚病"，她看见安子林身上有"阴症"，说是鬼神附体……为此，我把那些很有考古研究价值的瓷片都倒掉了。但从那以后安子林一听"柳荫"二字心里就发怵，这是他久病不愈的原因之五。

另外，据一些史料上的记载，安子林的爷爷为人正直，有才华，但平时少言语，尤其在抚顺监狱时的表现，也是患了抑郁症。安子林的父亲一生不得志，1989 年患心肌梗死后，诱发老年抑郁症，1991 年脑中风，于 1992 年 11 月去世，享年只有六十九岁。

以上我提供的情况，请您分析。这些都可视为他发病的多重因素。我感到，他的病与这些综合因素都有关。后附有关他爷爷的两份资料，供参考。

　　祝

老师安好！

吕芬

1993 年 2 月 11 日

吕芬的第二封信

柯老师：您好！

2月11日寄出的信，想您已收到。信中谈及安子林的致病因素有五点。现再做以下补充。

一、安子林从小体弱多病，出生时只四斤，是在暖箱里活过来的。出生后他是由奶妈带大的。可这位奶妈奶水不多，致使安子林贫血，营养不良，整个一个先天不足，后天失调。再加上他一向不爱体育运动，身体素质一直不太好，我们结婚那年，他一米七五的个子，只有一百零六斤重。

二、他生病期间，安琪因病休学在家，他住院一星期后，他父亲脑中风也住进医院（当时我瞒着他，不敢刺激他），我们三代同居两室，他母亲身体又不太好，他心里怎能不急？父母、孩子、兄弟全靠不上，只能靠妻。所以他自己形容过："我就像一个掉在河里将溺死的人，你是河上漂着的一根稻草。"好像抓住我这根稻草，他就有生还的可能。

三、社会的大趋势、单位的局面，都令他害怕，所以他只能以生病逃避。

四、从他的主观上，也就是显意识上，太想赶快痊愈了，因为这病把他折磨得太痛苦了。是否想病好的意识太强烈，潜意识却偏偏和他作对?

五、因求医心切,我们看过了太多的医生,吃过了所有的抗抑郁药。但由于他的过敏体质,所有的药对他都产生副作用,甚至我用酵母及谷维素给他"特制"的"万灵药",他吃了以后都会出现只有抗抑郁药才出现的副作用。("特制药"是安定医院一大夫教我炮制的,瞒着他,并未告之何药,只说是权威人士开的"万灵药"。)

六、为了他早日康复,我也看了不少医书及有关心理学的书,我也分析了使他致病的种种内外因素,用弗洛伊德的精神分析法以及使之转移、系统脱敏等方法,虽有一定疗效,但他总是先接受,后推翻;先肯定,后否定。后来我又用了日本的"森田疗法",有一定的效果,又未能治到他的点子上,也就是您说的还需深层的心理分析。我所做的这一切是否强化了他的"病人角色"?

为了使他尽快治愈,我学会了打针,掌握了一些点穴按摩的方法及足部反射区保健法,辅助医生做一些力所能及的事情。早上他难受、乏力,晚上我就陪着他快步走,据说这是一种不用吃药也可治疗抑郁症的疗法,但后来他不肯坚持做下去,只得半途作罢。

柯老师,安子林的病确实很典型,我很想为您提供较多的材料,几页纸一时是说不清的,如需要您可约个时间我与您面谈(最好他不在场,他最不愿人家提病,因为生病期间的种种杂念,已经成为一种强迫观念,时时困扰着他)。另外,我知道还有两个较典型的神经症病人,一位妇女已经病了近二十年,这二十年来,她一直未出过家门,家里也从不能离人。她的丈夫非常善良,把所有会引起她担心、着急的事,都千方百计地使之消失在萌芽状态,二十年如一日,绝对的"奇迹"。可恰恰这"奇迹"害得这位妇女恐怕终生不得痊愈,这点已引起我的注意。另外一位是个上了年纪的知识妇女,多年来,她可以想发烧就发烧,以此来逃避做妻子、母亲的义务和责任。这些都不是一句两句话可以说得清的。

神经症不知困扰着多少个病人及家庭,但我们的社会并未对此引起重视,在以后激烈竞争的社会环境中,不知会有多少人被此病折磨,您致力于心理、生理与疾病关系的研究,无疑是有着极为重大的意义的。社会在这方面的研究及重视均太少了。

陪安子林住精神病院时,与一些病人接触,我了解了他们的经历、身世。有的人一住就是三年五年,他们已经习惯了那里的生活,但是这未免太残酷了,无异于蹲监狱。他们在里边有吃有喝,有电视看,不用工作,不用承担什么义务,但他们也丧失了太多的权利。实际上,他们是被家庭、社会抛弃的一群可怜人。一有空我就与他们交谈,用我掌握的那点心理分析方法与他们交谈。我对他们寄予了极大的同情,他们也很友善地与我相处。待我陪安子林出院时,他们都争着帮我拿东西。望着他们那迷离的眼神,我的心被揪得紧紧的,鼻子酸酸的,不知这些可怜的人将要在此住到何时,他们绝对适应不了外面那精彩而无奈的世界。从那时起,我突发了一个想法,将来老了退了休,我也开个心理咨询门诊部。但是我没有太大的自信,因为不知为何,我和别的病人交谈,给他们做心理分析,人家都非常爱听,觉得我的话比大夫还能说到点子上,可唯独在安子林面前,我一张嘴没说上两句,他就很反感,总是说我在"劝"他,弄得我不知所措,不知哪句话他听了就会刺激神经。本来一条很鼓舞人心的好消息,一句很催人上进的话,到他那里都会转化成消极的暗示。所以,后来我就不敢多与他交谈了。他又说我厌烦了,想摆脱他。有时他又很内疚,可怜巴巴的。我知道他内心和肉体都是很痛苦的,似乎有一种力量在左右着他。他不止一次地说:"如果这话你不这样说,而是如何如何说,我就爱听,这对我才是鼓舞。"我听了甚至有些气愤了:"既然你都知道该如何如何说,你就自己对自己说吧。我的思维,我的意识,怎能同你此时此刻想的说的一样,你这不是难为我吗?"(他对我的这种无理要求,您会理解的。)

　　自从河北的老太太说他有附体后,更增加了他的思想负担。后两位有功能的兄妹为他诊治,也说他有附体,他心里想得可能更多了。所以这个问题不弄清，他心里恐怕老嘀咕。

2月9日晚您打来电话后，安子林的情绪异常高涨，当晚把您告诉他的三句话写在纸上，放在床头。第二天又把他的"不舍斋"摘下，换上了您赠的"随意"二字，连"斋"也不要了，他说斋就是束缚。随意，听着心里就那么舒服。

当您说保证不会看着他躺下不管时，他的眼睛都发光了，好像遇见了大救星。那天，他又洗衣服又作画，好高兴。可昨天又躺下不动了。说好了，中午陪那个美国女孩去买书，中午该吃饭了，他不吃，我们说该走了，他躺在床上就是不起来。我说你不能出尔反尔。他说，我没应人家，都是你应的，你自己去吧。把我气得要命。他不去，我和安琪穿衣服正要走，他忽然下床穿衣服。我赶紧笑着说，这就对了，咱们得有信用。结果，他饿着肚子帮人家买了书，一路上还给人家讲解，有说有笑的。我也当没有刚才那回事。今天他的情绪还可以，上街买了两次东西，还画了一张大画。真是人一天鬼一天，不知明天怎样。

我和安琪每天晚上都得看您的书，不看心里像缺点什么。看着您的书好像您又在与我们交谈。安琪这孩子是有灵气，书中有些地方我都很难看明白，可她却看得明明白白，有时我得请教她。安琪自己也说，不知怎的，柯叔叔的话，难懂，可我一下就知道说的是什么。这两天，她天天跟我说，她也要做个禅悟者；看到您书中的对话时，安琪说我也有这样的问题；我是谁？"我是我，你是你，你是我，我是你。在我还没看到这行时，我就知道一定是这样答复的。"柯老师，真希望您能点拨安琪。我也觉得这孩子有点与众不同。安琪自幼对这些神秘的未知现象都感兴趣，自上学后一直是品学兼优的"三好生"，班长，大队长，表现出了超出同龄人的组织能力，在绘画方面的成绩使她荣获北京市教育局颁发的"银帆奖"，并保送上了重点中学。

但是这些成绩也使小小年纪的她有了过多的思想压力，她认为各方面都要做表率，都要比人强，压力使孩子承受不了，她病了(安琪的那次病，也是"生病是一种需要"——您的高见的一次最好的例证)。"心肌炎"ST 段下移，听起来挺吓人，医生一定要她住院，手续我都办好了，安琪的体温突然恢复正常，她坚决不住，她说一回家我准好，越住越糟。我听她的话，把手续退了。经一位心脏病儿科专家诊断，属植物神经性紊乱，第二天再做心电图，正常。几次这样的经历我醒悟了……让她休息，让她玩，让她干她喜欢干的，但我们家目前的环境对安琪确实不利。这孩子又可心，又可爱，又可怜，一米六二的个儿，才七十斤重，瘦得像个小豆芽。

几年前，安琪开始看蔡志忠漫画版的《老子》《庄子》《列子》《禅说》《六祖坛经》等书。去年看了两本白话易经，今年又读了您的书。

安琪说,原来看那些书,都是似懂非懂的,看了柯叔叔的书,我理解了什么是开悟,回过头来再看那些书,就明明白白了。9日通话后,安子林说起您教的方法:层层过滤法。其实8日晚安琪正是用此法为他解一个个"疙瘩",跟您的意思是一样的。安琪说,有时我感觉我的思维意识与柯叔叔是相通的。

总之,能和您有这份缘分,也是天意,愿我们成为师生、朋友。其实,我们不早已是了吗!安琪的画已画好,真诚地欢迎您抽空到我家来。

盼您的电话!

祝

老师安好!

吕芬

1993 年 2 月 15 日晚

* * *

吕芬的两封信,提供了安子林更为详细的背景性材料,使得我对他神经症的分析可以大大深化了。

这是第二个阶段心理治疗的内容。

第二个阶段,就是要把他所有潜在的心理因素都分析出来,把压抑在潜意识中的冲突全部显化出来。要使他的显意识完完全全地看清自己的潜意识。这样的心理分析本身就是一种有力的治疗。同时,又为继续进行其他方式的心理治疗提供最坚实的基础。

直觉告诉自己,对安子林的心理治疗一定要强化阶段性、推进性,要有结束战争、取得胜利的节奏感。

一、要明确总方针、总战略、总时间表:今年春季全部结束,绝不能把神经症拖到夏天去。具体说,不拖到 5 月份。五一前一切恢复正常。

二、每周一次心理治疗都要有明确的推进,要解决具体的问题。每周一次的心理治疗都是一个阶段。对这个阶段战役的名称、任务、口号,都要有明确的宣布。

三、语言上,具体的诱导、暗示上,各种心理治疗的手法上,都避免重复。每次都要有每次的新意。

四、医师自己的声音必须是坚定的。他的全部信念、口号、说法,都构成心理治疗的有机内容。

五、关于口号,例如"我不病,谁能病我";例如"到了该结束的时候了";例如"春暖花开了,到转机了";例如"该让神经症滚蛋了";例如"一个旧阶段过去了,一个新阶段开始了";例如"过去的长久压抑的生活,后来压抑能量释放的患病生活都过去了,要开始新的生活了";等等。

六、笔者自己坚定信念,而后是吕芬、安琪的坚定信念,而后是安子林也有信念。这是治好安子林神经症的重要保证之一。

当潜在的心理都分析清楚了,当所谓疾病的"好处"都看清了,当疾病的痛苦领略够了,这时,战胜疾病的信心常常成为首要因素。

1993年2月21日,星期日。

上午拨通了安子林家的电话,照例是吕芬接电话(安子林不接电话,也是由于他的病人角色)。

笔者:你的两封来信都收到了。明天或后天晚上,我将给你们全家三人打电话。我们现在要开始的是第二阶段的心理治疗。安子林近来怎么样?

吕芬:他好多了。这两天,他去进行净化血疗法,去了两次,感觉自己有劲了,要下楼,一脚迈空,把脚崴了,脚脖肿了。现在正上药呢!

(笔者心中想:他为什么会一脚迈空把脚崴了,是不是对进行净化血治疗有矛盾心理呢?也就是说,他心里也有不想去的成分。这是很可能的。人的潜意识常常用制造失误、受伤等方法来表示自己的意愿。他想去,又不想去,矛盾。所以,去了,同时又崴了脚。矛盾的两种意向都表现出来了。要去的意向已通过理智的去医院的行为表现出来。不要去的意向被压抑了,就通过失误、自伤表现出来。)

笔者(笑着说):那以后还要注意。病一天天好了,也不可高兴过分,不可得意忘形。告诉安子林,可不要得意忘形啊。

吕芬(也笑了):是。

笔者:他好了不少吧?

吕芬:是。

笔者:肯定会很快好起来的。你注意没有,你这些天的心态都发生了很大变化,乐观多了。

吕芬:是,是有很大变化。

笔者:这就表明形势确实在变化。要有信心。

吕芬:我现在有信心。安琪这两天还有个问题想问您呢!她身体不好休学了一阵,现在又上学了。老师因为她过去学习好,不要求她补考了。她现在矛盾的是,课余时间又想上英语奥校,又想上绘画班,因为她想考美院附中。时间矛盾。

笔者:这个问题咱们都想想。明天通电话时,再一块儿商量好吗?另外,我告诉你,安琪的这病那病,一多半也是精神因素、心理作用。她没病。你告诉她。你作为母亲,只要你坚定了,不慌乱了,安琪的身体就会变个样。明白吗?

吕芬(很受鼓舞地):明白。我告诉她。

笔者:要明明确确告诉她,她没病,而且以后也不会生病了。要坚定。

吕芬:明白。

笔者:我们明天或后天通电话。告诉安子林,我们开始第二个阶段。一切都会很快好转的。

第八章

提供一个对神经症分析的范例

让我们进入这样的角色,你不再是病人,我也不再是医生,让我们共同去探讨那个可笑的安子林,说说笑笑地议论。通过这种议论你会有很多收获,对人,对人的心理,对人生,都会有很深入的了解。

"我不病,谁能病我?"希望下一次谈话能比今天有更大的变化。那时最好有新的话题。好吗?

1993年2月22日。今天是农历二月二,俗称"龙抬头"。

与安子林一家第四次通电话。由此开始实施对安子林第二阶段的治疗。

希望这个分析中提出的有关理论、思路,对广大的神经症患者及其家人有所帮助。

因为安琪开学了,怕影响她早睡,我先让她接电话。

安琪先讲了复学后的一些情况。

安琪:叔叔,你说我是不是应该在绘画上发展?

笔者:叔叔感觉,从你目前的情况来讲,第一,你应该成为身体健康、性格开朗、全面发展的人,要有一个好的基础。艺术爱好肯定是你的一个方向。小安琪是个有艺术才气的孩子,但支撑你进行艺术探索的前提是强健的体力,顽强的精神,开朗的性格,广泛的生活阅历,这几方面要协调起来。我对你今后艺术的发展倒是蛮有信心的。

安琪:谢谢叔叔。我还想问您一个问题,我对人和宇宙的奥秘特别感兴趣,也很喜欢看这方面的书。您说,我以后要不要发展这个呢?

笔者:你在这方面的悟性与你在艺术上的悟性肯定有相通之处。对中国的禅文化,对人类未知现象,你的那种好奇、求知和领悟能力,无疑是特别重要的天赋,你在这方面的天赋非常突出,一定会在以后的人生、工作和艺术创造中显示出它独特的光彩。对于这一点,你应该很自信,要爱惜自己的才能。但是,叔叔要告诉你,正是为了使自己的才能更好地发挥,在你这个年龄又要特别注意身心健康的全面发展。你如果用百分之九十的精力绘画或探索神秘现象,这个比例无疑是过大了,是不合适的,它可以成为你今后的方向。叔叔在你这个年龄也并非在研究未知现象。那时要全面地学习自然科学、社会科学知识,要在社会中实践,要锻炼身体,培养各种兴趣。当然,对自己最突出的爱好,对自己的特点,心里要明白。

你前一阵身体不是不大好吗?其实相当大程度上也是有心理原因的。你想,爷爷奶奶和你们住在一起,他们身体不大好;父亲这两年的身体也不大好,各种各样的环境和精神暗示,经常去医院看病,对人会产生消极影响的。就好像你做心电图,这次做是这个样子,再做一次成另一个样子。叔叔送给你几个字,就你的主观心态来讲,要"开朗活泼";就你的行为做事,叔叔希望你"活蹦乱跳",明白我的意思吗?遇到一些不开心的事,有的时候就高高兴兴地蹦一蹦、跳一跳、唱一唱,甚至喊一句"去你的",这个东西可能就跑了。要有积极的、开朗的态度。叔叔过去还要求你多参加一些体育锻炼,多参加一些群体性的社会活动,不要把自己的时间、精力、思考的重点都放在狭小的家庭范围内。你不仅要把自己的身心调整得非常健康,还要用乐观开朗活泼的性格来感染家庭,感染父亲。

安琪:叔叔,我还想让您给我看看我的名字好不好。

笔者:你的名字挺好。叔叔再给你起个小名,叫闹闹。要有一点欢欢闹闹的感觉。

安琪:我现在已经比过去活泼多了。

笔者:对,要发扬这一点。因为你是非常内向的,在艺术上很敏感。叔叔写的这类书,一般来说你这样的年龄能看懂的非常少。但研究这种问题,又需要乐观、开朗、坚强的心理、生理素质才能支撑自己,这样才能在研究中不受干扰。不然有些人研究了半天,没有开悟,反而疑神疑鬼,就不好了。要光光明明。

你父亲总怕提起"柳荫",有什么怕的? 我倒觉得把那些瓷片扔掉可惜了。对未知现象的研究结果应该是站在很高的境界,心中非常坦然。

总之,精神上开朗,性格上活泼,是叔叔目前对你的最高期望。要全面发展。就好像一架飞机,无论有多么大功率的马达,没有翅膀还是飞不起来。你要做一架翅膀很大的飞机,长大以后飞得高高的。

安琪:我前一段时间身体不好,没上学。现在上学了,体育课要不要上呢?

笔者:可以逐步过渡吧。既不要干脆上,一下子全方位地投入,也不要干脆不上。你根据自己的情况,有选择地做一些体育项目,心里不要畏惧它。

今天就跟你说到这儿,好吗? 让妈妈听电话。

＊　　　＊　　　＊

与吕芬通话，重要的分析开始。

笔者：你接着讲吧，安子林怎么样？

吕芬：两个星期来，从那天起就开始不诉苦了，高高兴兴
的。过去每天诉苦。这两个星期情绪好多了。安琪说，我爸爸
变了。还有，您说还会有转机，那个美国女孩真是千里送来的
机会。安子林给她讲课讲得很带劲。课时费不高，外语学院也
非常高兴，以后还要介绍其他学生来，请他这样的老师不容易。
安子林说，课时费不要都没关系，主要是弘扬中国文化。我最
近情绪也好多了。

那个美国女孩到家里来，看到"随意"二字，说："非常喜欢
这两个字。很多中国人生活得非常不随意，我们美国人是比较
随意的。"我告诉她："这是我们的一个良师、朋友、著名作家送
给我们的。"她千里迢迢来中国，又那么喜欢随意，好像和您有
很大的缘分似的。她来中国学习东亚文化，我对她介绍了您的
情况，她非常想见到您。

笔者：这个以后再说吧。你还是接着讲安子林的情况。

吕芬：他这两周确实变化很大。修理电视机，帮助洗衣服，

原来早就说累了,可现在都做下来了。我最近分配到西郊了,上班挺远。安子林可能有些紧张。我正在考虑提前退休,好照顾家庭,我才四十二岁。又一想,这样不好。

笔者:提前退休不好,对你、对安子林都不好。

吕芬:是。总之,这两周他进步挺大的。

笔者:今天,我们要开始的是对安子林心理治疗的第二个阶段。一开始打过三个电话,是在一周内打的,对他进行了全面的心理分析,我们把它作为第一阶段。

这次与前几次的电话拉开一段时间,是我有意为之。要显示出阶段性来。要给一段时间,让安子林本人与你们全家消化一下前几次谈话中我的分析。在第二个阶段,我们的心理分析和心理治疗是要大大推进一步的。你一定要明确这一点。安子林的病在这个春天,在最近的一两个月内必须治好。

要明白,治疗往往是解决疾病的重要手段,同时,拖延、重复、持久的治疗有时又恰恰强化了被治疗者的病人角色,是使疾病不能痊愈的重要的恶性暗示。

你们要非常明确,我们现在已经开始第二个阶段的治疗了。

第二阶段要做的第一件事就是,要对安子林的心理机制及心理深层原因进行一次全面的、系统的、可以说是深入到家的分析。你的两封来信,为这种分析提供了更加全面的背景性材料。我现在把我的分析详细告诉你,一会儿和安子林谈,我会有选择地告诉他;我讲清楚了,你心里就有数了。

第一部分,对这样典型的、综合的神经症,首先要分析的一个方面就是患者的遗传因素,他天生的性格,从小的家庭环境和社会生活环境。

具体结合安子林的情况,有这样几点:

1.作为先天的素质,他出生时,体重轻,体质弱;后天又营养不良。

2.心理素质,他的父亲晚年患抑郁症,弟弟也患过抑郁症;据你说,他的爷爷也同样患过抑郁症,这表明在他的心理上有这种遗传基因。虽然神经症不一定遗传,但与之相关联的心理精神特征是可能遗传的。

3.他从小性格内向、胆怯,这种性格有可能部分来自先天,而这些先天的东西在他从小的家庭环境和社会生活中被强化了。

4.他从小的家庭环境是什么样的呢?你比我更清楚。他的父亲遭遇坎坷,受过多年的迫害,爷爷在他幼年时即被关进监狱,这使他从小就处在非常软弱的家庭环境中。在家庭的变故中,他既保护不了自己,也很难保护家庭。

5.他的母亲是个富家小姐出身的知识分子,安子林从小未享受过充分的母爱。

6.虽然安子林还有一个弟弟,但弟弟从小就过继出去了,他在家庭中实际上年龄最小,上面还有哥哥姐姐,这本身就是弱小的位置。

7.他从小就背着出身不好的黑锅,少年时代适逢"文化大革命",家庭遭到巨大的冲击,他曾目睹抄家情景,初恋又因出身而失败。

以上情况综合起来考察,可以看到这样几个特点:

第一个特点:安子林从小体弱、胆小、性格内向,这样的性格又放在那样一个生活环境中,他的家庭出身,他的被抄家的经历,他的失败的初恋,都使他感到社会环境的险恶,对于一个本来就体弱又性格内向的人来讲,无疑会造成对生活的畏惧。

要知道,畏惧也是不能随便流露的东西。在那个时代,一个人所能表现的必须是昂扬的、健康的情绪。随意表白会给自己甚至家庭带来灾难性的后果。只能选择压抑。不仅欲望要压抑,恐惧和畏惧也要压抑。他敢不压抑吗? 抄家之后,他能什么样,就说他害怕? 他必须忍受。

如果一个人从小性格开朗,身体健康,成长又非常顺利,他不会有这种压抑的恐惧。有时人连悲哀都要压抑,连哭都没有地方(你会有体会)。这些压抑下来的东西,在安子林的内心深处是有很大能量的。

第二个特点:作为一个男孩子,由于特定的社会环境和家庭遭遇,也由于他父母的性格特点,他从小没有得到过很充分的母爱。从心理学角度讲,男孩子本来容易有恋母情结,但大多数男性的恋母情结不会成为今后生活的一种心理缺陷。

在什么情况下可能成为心理缺陷,表现为过强的带点畸形的恋母情结呢? 这往往是由两种极端的情况造成的。

一种,是从小没有父亲,由母亲单独抚养大,家庭是残缺的,儿子的一切都在母亲的照料下,使儿子从小过分沉溺在母爱中,沉淀为非常强烈的恋母情结。即使长大了也离不开母亲,性格不成熟,成为一种病态。

还有一种,恰恰是从小没有得到过充分的母爱,对于母爱的强烈向往和依恋成为潜在的欲望,被深深压入潜意识。这种情形大都发生在从小失去母亲的人身上,这类人从未得到过母爱的满足,他们很羡慕那些得到充分母爱的孩子。

安子林的恋母情结虽然不是最病态的,但至少是有缺陷的。一个生性胆怯的男孩,周围的环境常常使他感到不安,他渴望得到母亲的爱抚和保护,然而,他甚至没有得到比较常规的母爱,心理的不平衡是可以想象的。由此,压抑的渴望成为畸形的情结。

第三个特点:尽管他胆小,尽管他的成长环境不好,尽管他感到压抑,毕竟他得活下来,他要寻找自己的出路。他生长在知识分子家庭,从小受到的教育是,必须靠自己的奋斗才能得以生存。艺术既是他的爱好，也是一条出路。只有艺术上成功，才能摆脱低贱的人格。在压抑的生活环境中，他的奋斗求生的心理动机非常明确，也非常强烈。

这是他又一个应当注意的心理特点。

往下，我们将要分析的第二部分是，他在现实中所面临的压力和为摆脱压力所受到的诱导是什么呢？

1.他要改变自己的命运，要有好的工作，要得到单位领导的赏识，要在社会上广泛交际，和各种各样的人交往，这是他所恐惧的。

那天我问他：当你一脚从病的房子里迈出去，走到外面的春天里，你畏惧的第一件事是什么？他回答，是社交。

他为什么如此畏惧社交呢？

从他懂事起，他就知道自己出身不好，他低人一等，他被人瞧不起，他得不到他所渴望的尊重和温暖，他被深深地伤害过；又由于自己相对懦弱的人格，他对一切所谓的社交都十分畏惧。长大了，开始独立了，他必须独自面对社会的一切。

2.他的父母年纪大了，身体不好，需要他照顾；他有了妻子，又有了女儿，女儿的体质也较弱，这个家庭靠他支撑。

3.他已进入中年，成家立业，他必须有自己的事业——成功的事业。他所受的教育，使他不甘于平庸的生活，他为自己设立了高目标。然而,艺术的奋斗也不是很容易的,要年复一年地努力。

4.还不应当排除这样一个因素,当男性到中年时,由于性能力不尽如人意,乃至力不从心,都可能构成潜在的压力。

这些压力加在一起,极大地强化了他从小就埋藏在心灵深处的对生活的畏惧感。如果现实的一切都很顺利,那么,幼小的伤害只成为记忆,被深深埋藏;但现在又有很强的压力,旧畏惧加新畏惧。

然而,只分析压力和畏惧是不够的。尽管有这样多的压力,潜意识也仍然可能不会发作,就好像水朝什么方向流动,不只有阻挡它、压迫它的方面,也必然有诱导它的方面。

那么,诱导潜意识发作的原因有哪些呢?

1.夫妻关系。这一点,你自己也已经意识到了。在你们最幸福的一段时间中,你们的相互关系也是双重的。既有他照顾你,扮演强者的一面,也有你照顾他,他扮演弱者的一面。这是他在生活中反复体验的两种角色,也是他潜意识十分明白的角色。这种角色成为一种诱导,这是客观情势的诱导。

什么叫他扮演弱者的角色呢? 就是在母亲面前扮演儿子的角色。一个人虽然对生活很畏惧,但无处可躲,只好硬着头皮撑住。现在有了防空洞,可以躲进去了。一缩进去,什么都可以不管了,特别舒服,就像婴儿睡在母腹中,很安全。

这种角色的诱导是生病的一个非常重要的条件。长期渴望得到的母爱,早已成为一种心理机制,这种心理机制受到如此诱惑,一下子放纵起来,表现为神经症,是再必然不过的事,不表现为神经症是没有道理的。

2.第二个诱因,听起来像笑话:为了吃劳保。当然并不自觉。

大病前三个月,有过一次不大的病,在家休息,很舒服,有时间画画了,还可以分散一部分压力,免得又要画画又要上班。

吃劳保的同时,还可以享受妻子的照顾。这两方面的"好处"是很诱惑人的。理智也许并没有这样想,但潜意识把一切都想到了。

这样分析他的现状,既有现实的压力,又有逃避的诱惑,神经症完全具备了发作的条件。

第三部分,分析疾病具体的引发原因。一个病有了历史的条件,有了现实的条件,还要有相当具体的引发原因,才可能表现出来。

1.三个月前的那次病,吃了劳保就可以画画了。

2.那次考试。考试是人生交卷的象征。学生从小就怕考试,考试是学生时代的最大压力。

3.吃牛鞭。

这三个因素将他从小心理上累积的能量,对生活的畏惧感,对母爱的渴求,在现实中感到的压力及受到的诱惑,都调动起来了,他病了。他的疾病与他的潜意识所蓄积的能量是相当的。分析他从小到大的经历,潜意识只是抓住机会做了一个恰如其分的文章。潜意识用这样一个疾病把久久隐藏的态度暴露出来了,把它的声音发出来了。

安子林潜意识的声音是什么呢?

1.我从小就畏惧社会生活,直到现在,我还是畏惧;

2.我从小没有得到过充分的母爱,我要求享受母爱;

3.我现在有点机会了,生病了,就什么压力都不用承担了,不用上班了,不用社交了,不用再扮演男子汉的角色了,对家庭、对父母都可以不照顾了,我可以享受到变相的母爱了。

吕芬:受这样的照顾,他同时还是很不安的。

笔者:那当然。那个不安,那个不心安理得,是他的明意识。明意识与潜意识总是冲突的,潜意识是不自觉的。在我们分析之前,他能认为自己是在渴求母爱吗? 不会的。只有一步步分析,才能逐渐认识到这一点。

吕芬:他是对很多事情都很畏惧。譬如,特别怵社交。丢了自行车也不敢找,查水电费也不敢去,只要是与人交往都很畏惧。

笔者:我们来接着分析。

第四部分:病后的心理态势及环境。

1.生病确实解除了心理压力,释放了畏惧。

2.确实得到了母爱般的照料。

这两点是他生病的"需要",是生病的"好处"。而这"需要"和"好处"足可以毁掉一个人。像你说的,像照顾小宝宝一样照顾他。这两点"需要",这两点"好处",是他生病后得到的。指出这一点,使他清醒,病慢慢就可能好了。但无论如何,这两点正是他潜意识不愿摆脱病的原因。

另一方面:

3.病后,他感受到痛苦,这是他决心摆脱疾病的前提。

4.经过这两年来你们不断的分析,经过这些天我的分析,他对这些有了理智的认识。他已经明白,尽管生病带来一些好处,但最终会毁掉自己,毁掉家庭。

上述两种力量的冲突,一方面,得到好处,解除压力,得到爱,回避责任,等等,还会使他的病有维持下来的态势;另一方面,他体验到了痛苦,明白了屈从于潜意识的灾难性后果,产生了治愈疾病的决心。我们要做的就是调整这二者之间的关系,转化它们的力量对比。

最后,分析第五部分:治疗过程中出现的种种强化疾病的副作用。

1.在生病的环境中,其他病人的危险使他恐惧。那次在医院病房他看到的对另一个病人的抢救,那个场面使他害怕。

2.在所谓的"特异治疗"中,对"柳荫"的说法及所谓"附体"。

3.药物的暗示作用,所谓"万灵药"都能产生抗抑郁药的副作用结果。

4.医院、医生,一切治疗方式、治疗手段,一切类似的东西都会强化他的病人角色,都会对他进行病人角色的暗示。今后,在我与安子林的关系中,我将尽量以朋友的身份或以作家的角色与他交谈,使他逐步摆脱病人的自我意识。

5.家庭对他的照顾、体谅、关心,你们已经习惯的角色位置都在暗示他,强化他的病人角色。

上述暗示,由于维持时间很长,都成了副作用,所以,绝不能再长时期地拖下去了。

以上这五个部分是我对安子林的神经症的全面分析。那么,我将对你说些什么?

你一定要明白,你现在是他治愈疾病的最大支撑,同时也是最大的障碍。你的角色比较难办。我之所以对前途乐观,是由于你是理解力相当强的人,你特别善于理解疾病的奥秘。对一般的家属我不可能这样说话,这样讲,一般人会接受不了,会糊涂的。那么,你应该怎样扮演自己的角色? 根本用不着我一件事一件事地教,我只需告诉你原则,大量的细节要靠你随机应变地处理。治愈安子林的疾病,就好像家长对待孩子,爱护又不要溺爱,照顾又不能养成毛病。孩子还小,需要照顾,但照顾过分,自己就不会成长。孩子会变懒,会无能,会没完没了地依赖。你对待安子林的态度,既要非常自然地、又要非常快地转变角色。不要暗示他的病人角色,又不能让他感到太突兀,一下接受不了。要一步一步地转过来。

做血液治疗,只是心理需要,当时可能会起到减轻体征的效果,给他一点心理支持。实际上,心理问题解决了,体征也会消失。要帮助他找到一些摆脱病人角色的很直接、很具体的行为,如讲授美术课。生活中的机会不是苦想出来的,要慢慢捕捉。只要脑子里有这样的思路,机会总能捕捉到的。要明白,一个人生病,与家庭有很大的关系。所以必须使病人的生活尽可能超出家庭范围。逐渐地,不要着急。要自然而然一步步来。

*　　*　　*

接下来,与安子林通话。

笔者:听说你进步很大?

安子林:实质上进步很大。比如给学生上课,一讲就是两三个小时,只是心理上不太接受这个成果。那个美国女孩子性格开朗,给她讲课很有意思。她很喜欢"随意"二字。我本来没那么大的信心,怕耽误她的功课,她倒挺认真的,总按时来。不管怎么说,我咬咬牙,也就坚持下来了。

笔者:我们前几次的交谈作为第一阶段,今天开始第二阶段。我希望通过不多的几个阶段,你的病就靠边站了,让我们一起结束这个病。

刚才我对你爱人讲了很长时间,主要告诉她,在第二阶段,要进行比较深入的分析,包括分析你的家庭,你家庭的遭遇。根据我的了解,你对生活的畏惧感,是由自己从小的环境决定的。

安子林:我记得小时候,有一次上学忘了带水杯,怕老师检查批评,相当害怕。现在想起来还很有些怕。

笔者:由于你的家庭经历比较曲折,兄弟姐妹不止一人,渴望中的母爱未得到满足,长大后,现实的社会生活仍然对你有着巨大的压力,结果潜意识用疾病解决了。

怎样解决的呢? 现在的压力,你是回避了,儿童时期的畏惧感也全部通过生病释放出来了。请体会一下,你扮演了什么样的角色呢? 一个孩子,母亲面前需要照顾的孩子。

当然是变相的。这很正常,用不着不好意思承认。不要说一个病人,正常人也常常能体验到这种情绪。

因为夫妻的角色都是双重的,当你扮演照顾她的角色时,这就是丈夫的角色,父亲的角色,兄长的角色;当你软弱时,她照顾你,你就扮演了孩子的角色。

当你陷入神经症状态中,你就更加是软弱的角色了。

安子林:过去家里的大事都是我拿主意。现在一病,一下变得这么熊了。

笔者:角色变了嘛! 所以你要体会体会你那时的角色心理。人在病中,是对潜意识被压抑因素的释放,释放的过程中,会得到一点平衡,就要往回调整。

你要明白,长期的治疗,对你有特别大的副作用。这一点你自己都会看得非常明显。它强化了你的病人角色。我们的心理分析治疗,也就是一两个月的事,拖是没有必要的。这个春天就把它了啦。

你要琢磨,你的许多症状是在生病的过程中被强化的。如在医院中看到被抢救的危重病人,你被吓着了;还有什么"柳荫"的瓷片,以为是得罪了鬼魂,有什么怕的? 不存在那个问题! 可惜你把那些辛辛苦苦捡拾来的瓷片都扔掉了。再有所谓有功能的人说你有附体,哪有什么附体? 我研究气功,对这些问题看得太清楚了。自古以来气功中都讲这样一句话:"见怪不怪,其怪自败。"就好像做梦也能梦见许多景象一样,醒了,就什么都不见了。人在软弱的状态中,在病态中,就会恍恍惚惚地看到这个,看到那个,清醒了,阳光一照,就什么都没有了。根本不存在"柳荫"得罪鬼魂的事。

长期吃药也不好,吃抗抑郁药有副作用,吃别的药也同样产生副作用。去医院看病,一切治疗,都在强化你的病人角色。

包括家庭的过分照顾,亲人的体谅,安慰的语言,朋友们看望你时使用的对待病人的谈话方式,都在暗示你是病人。长期的负暗示特别摧毁一个人。

安子林:是。到中医医院一吃中药,反而情绪不好了。头一天去就很勉强,到了医院一看老中医很和气,又受到安慰。可是一看药方中有那么多补药,就觉得自己是重病号,受暗示了。看中医一直是矛盾心理,想看,又不想看。

笔者:说得明确点,很多治疗再继续下去,副作用远远超过了正作用。包括血液净化疗法,你可以做,吸取它对你生理上的直接效用,在心理上不要受这个暗示了。

安子林:我觉得也是。好的一面是减轻体征,不好的一面,环境、程序受暗示。去医院门诊一次,就好像回医院住院似的。

最好的东西就是积极的暗示,哪怕是一张照片。

笔者:听说你前几天下楼不小心把脚崴了,还接着去医院吗? 你没有想想脚崴是怎么回事,是不是有点奥妙? 为什么会无缘无故迈空了,脚就崴了呢?

安子林:那天就是想下楼走走,踏空了。

笔者:听了这件事,我的第一个感觉是,一方面,你要去医院治疗;另一方面,你又不太想去,就把脚崴了一下,这是一半对一半。因为你一半想去,一半不想去,可已经去了,把不想去的一面压抑下来,结果把脚崴了,去着就不那么方便了。

安子林:我的病会不会出现反复?

笔者(坚定地):不会了。长期的、重复的、拖延不止的治疗到了一定的时候,其实在很大程度上副作用大于正作用。你已经感觉到这一点了,自己都意识到了,更说明问题。你应该认识到,不管这个病能够解决多少冲突,得到多少好处,都只是暂时的,除非你愿意一辈子当没有出息的病人。它最终是要毁掉你自己,对其他一切人的损害都是第二位的。你要清醒,要下决心。

你对我说,你很明白,这个病说有就有,说没有就没有。那么,不要再拖了,噩梦到了该结束的时候了。

现在是 2 月下旬,我希望你在 3 月份之内要变个样子,到了 4 月份,天气会变得非常好,你应该到外面走一走。

以后有机会,我想和你谈谈你的绘画,我们一起谈谈艺术,谈谈文化,谈谈病以外的事情。对病情的反复分析,你没兴趣,我也会厌倦的。

当我们把一切都分析清楚,认识清楚以后,你下定决心,以后其实就是逐步改变生活环境,从那个角色中钻出来,这是很简单的事情。

长期的病情分析也会成为不好的暗示。

讲一个笑话。有一个人,我们姑且叫他张三。朋友们想和他开一个恶性的玩笑。这天,张三上班了,第一个朋友见到他,说:哎呀,你的脸色怎么这么不好,是不是病了?张三肯定不在意,说:我挺好的,没病呀。就过去了。第二个人见到他,说:张三,你病了吧?脸色这么难看,是不是去医院看一看?张三会说:我没有病。但心里会犯嘀咕。如果他的十个朋友都依次这样对待他,并且表情都十分认真,他会怎么想呢?他可能认为自己真的病了。他就去医院检查,也可能查不出什么病,他心里反而不踏实,会再接着查,一直到查出病来。这样,他就真的病了。

人是很容易受暗示的,就好像人们见面,当别人说你脸色好时,你一高兴,脸色果然就好了。所谓"人逢喜事精神爽"。

说你脸色不好,你会马上感到身体不大舒服。

对你的状况,我对你爱人谈得很清楚。都做了分析,你们可以多交谈。你的病已不可能回复到两年前那样严重的样子,会有反复,但大的反复不会出现了。对此要有信心。这是因为你的心态变了。你比过去更清醒,更懂得自己的潜意识,知道怎样和潜意识对话。

不磨不成佛。生病的两年,是你人生的一个特殊阶段,如一场梦,让它过去。有了这样的两年,你才能顺利地转向新的人生阶段。要不,你几十年的压抑,你对现实的恐惧,都得不到释放。疾病暴露了你脆弱的一面,也使你得到锻炼,当你再得到健康时,你就比较坚强了。

我们男人,从小受到的教育就是要做参天大树,要做强者,要独立支撑事业和家庭。当我们畏惧时,我们的角色要求我们不能害怕;当我们受到伤害时,我们的角色要求我们不能流泪。但我们是人,我们同样有软弱的时候,同样有恐惧的时候,这样,我们就压抑了自己,埋下了疾病的种子。

然而,作为一个男人,当他可以保护妻子儿女,可以支撑起一个家庭,可以成为妻子的依靠,可以成就一番事业时,他是强者,他也因此幸福。

弱者有弱者的享受,他可以获得同情,可以逃避责任;但相比之下,还是强者更幸福。你会同意这个观点。

虽然你从小性格内向,有胆怯的一面,但实际上,我发现你又是一个不甘平庸的、很好强的人。你的绘画能奋斗到这一步,又非科班出身,全是靠自己努力,很不容易。

在看到自己弱点的同时,还要看到自己性格中顽强的一面,那种咬咬牙、忍受的一面。

作为一个旁观者,我看你这两年的生活,真是既可气又可怜,既可爱又可悲。你在四十多年的人生路上,凭着自己的努力,凭着自己的聪明和才气,咬着牙走到了这一步,已经迈上了许多人到达不了的阶梯,到头来你坚持不住了,反而成熊包了。

安子林:是。我过去不这样。我想恢复正常态,就是过不去。

笔者:主要是病人的角色把你腐蚀了。这就像一个演员,总演一个角色,演多了,人格都会发生变化。你长时间扮演病人,演着演着,会越来越进入角色,你就成为货真价实的病人了,在这个角色中难以自拔了。

往下,让我们进入这样的角色,你不再是病人,我也不再是医生,让我们共同去探讨那个可笑的安子林,说说笑笑地议论。通过这种议论,你会有很多收获,对人,对人的心理,对人生,都会有很深入的了解。

安子林:这两年看了很多医生,每次开头都有得到安慰的感觉。好像好一点,然后又反复。

笔者:再找一个医生,再安慰一下,同时又强化了自己的病人角色。对吧?(笑)总的来讲,我打算有始有终,对你负责到底。

每个人都有软弱的时候,一个再坚强的勇士,在疼痛时也禁不住脱口而出"妈呀",这一瞬间,他就变成小孩子了。你这两年,就是叫了很长的一声"妈呀"。

寻求保护,是人的本能,用不着羞怯。根据我的研究,神经症是人类非常普遍的一种疾病。从严格意义上讲,几乎绝大多数人都有某种程度的神经症倾向。大多数人只不过短暂一些,轻微一些。你的一声"妈呀"不过是时间长了一点。

现代生活中会有许多令人头痛的事,要看轻一些,不要太执着。你在艺术上努力了这么多年,有这么长时间的积累,相信迟早会发出光彩。希望你洒脱大度,一个出色的人首先要有坚强的性格。

安琪非常有灵性,你成功地培养了女儿,也是做父亲的骄傲。对孩子要顺其自然,不要给她高目标的压力,她已经很要强了。绘画是个注重感觉的东西,本身就讲究随意。就让安琪随意一点。

"我不病,谁能病我?"希望下一次谈话能比今天有更大的变化。那时最好有新的话题。好吗?

第九章
从客观的角度看自己

一个人的主体、客体可以变换。一个人可以从客观的角度看自己，像看另一个人一样。

1993 年 3 月 6 日晚，与安子林一家通电话。

照例是吕芬接电话。

吕芬：我们家这几天变化很大。今天是安琪的生日，我们开了一辆车，请朋友一起到昌平的山里玩，听说那里有一个新开发的风景区。安琪说，今天是我的生日，过了我的生日，爸爸的病就好了，我也就都好了。安子林今天情绪也挺高。那个美国姑娘也跟我们一起去了。到了山里，安琪非常高兴。她说，一看见山，就觉得非常安全。安琪告诉我，她现在才发现自己不是不爱玩的孩子,而是非常爱玩。安琪在旁边呢,让她和您说吧。

安琪:叔叔,我现在才发现自己是个非常爱玩的孩子。从小我学什么都能学好,就样样要学好。要学习就不能玩,还要学画画。所以从小就不能玩。可是心里非常想玩,潜意识被压抑了,就造出好多病来。看了您的书,我想通了,我的那些病都是潜意识制造出来的。我记得小时候,每天晚上临睡前就感到紧张。现在我明白了,就是因为怕学习。

笔者:明白这一点特别重要。明白了这一点,就能从根本上解决好自己的身体健康问题。我早就感觉,你的身体不好是因为学习的高目标。所以叔叔从第一次见到你时,就对你和妈妈讲,对你一定不要规定太高的目标,要摆脱高目标的压力。学习要不要学好?要。玩要不要玩?要。两者的关系要处理好。学习时,就心甘情愿地学习,不要一边学,一边潜意识里抵制、压抑,内心有很深刻的冲突。反过来,玩的时候,又不能放放松松地玩,老是怕影响学习,心中不安,又有冲突。要有适当的学习目标,不高不低,自自然然地。学的时候,高高兴兴,心中舒畅。玩的时候也放放心心,没有任何牵挂。

安琪:我现在越来越明白。这两天我感冒了,想了想,也是因为怕学习,紧张,不想学习,所以就感冒了。没有任何人传染我。

笔者:潜意识是什么病都能制造出来的。

安琪:我是 1978 年 3 月 6 日出生的,那天是惊蛰。惊蛰就是春天来了,万物复苏了。所以我想,过了这个生日,我和爸爸都应该好起来。

笔者:你这个想法、这个意念特别好,特别有道理。

安琪:前两天,我看到一个禅的故事。一个禅师拿茶杯倒水喝。他的师弟看到了,问:你干什么?他回答:他要喝水。师弟问:你怎么自己倒水?他答:我正好在这儿。当他说"他"要喝水时,实际上是"我"要喝水。我看了,想起您的书,突然就明白了您为什么那样写。您在书里说,你是你,我是我,你是我,我是你。我突然领悟了,一个人的主体、客体可以变换。一个人可以从客观的角度看自己,像看另一个人一样。我现在就试着这样看自己。我学习呢,就想,那个安琪在学习呢,让她学,我可以安安静静地休息,还可以和妈妈一起玩。

笔者(笑了):挺聪明!好,请爸爸妈妈接电话。

吕芬:安子林这几天一天天见好。只是早晨起来,有时还差些。还有,就是脚崴了,不能出门,生活单调。我想法帮他调剂生活。三天前我给您写了一封信。

笔者:噢,我还没有看到。

吕芬:有时候,我真觉得有些力不从心。不过,他自己现在越来越明白了。您的书,他过去不看,我们看,他在情绪上也很抵触。现在慢慢接受了。而且,自己最近也看开了。他说,他突然明白了,他的病确确实实是潜意识所为。

笔者:明天是星期天,你们明天是怎么安排的?

吕芬:明天我们没事。您有时间来吗?

笔者:我打算明天去看看你们。

吕芬:那太好了。噢,安子林过来了,他要和您说话。

笔者:让他接电话。

安子林:柯老师,您好。这些天,我明显一天比一天好起来,特别是下午。这两年病的时候,觉得自己换了个人格。有一个潜在的力量控制着我,使我情绪焦虑、急躁。但是,自我的大脑还清醒,还能控制。大脑要控制住自己,老是很用力地控制,感到特别累。

我这两年有这样一个情况:每天早晨一醒来,先要看看表,是几点钟,这一瞬间,几秒钟,最多半分钟,特别清醒。常常只有几秒钟。但马上有一个力量出现。一面对白天的生活,那个力量就开始出现,控制我。

我大概还能看见那个力量,那个东西。像件旧衣服,黑色的,有条纹,好像一下就抓住你了。结果,那些乱七八糟的情绪就来了。

用什么方式战胜它? 用我自己的力量克服不了它。外出散步,还有其他许多方式,这两年我都试过了,都不行。觉得力量不够。

笔者:我明天准备去看你们,到时候我会告诉你方法。不过,从根本上说,这种情况会自然而然变好的。你和你全家现在都清楚了,你的神经症是潜意识造成的,因为畏惧各种压力。思想上看清楚了,再加上适当调整生活,神经症是自然而然要退下去的。

安子林:过去每次看病,都是当时好,第二天又反复。

笔者:现在不会那样了。因为我们明白了潜意识的根源。过去那根源深藏着,你对生活的畏惧存在着,生活的压力存在着,吃了药也不一定能解决。现在,我们要从根源上解决问题。更多的话,我们明天再谈吧。

安子林:好,我明天到车站去接您。

*   *   *

真高兴。安琪自己也明白了。她身体的这不好那不好,也是因为潜意识。这个年龄的孩子也有如此深刻的内心冲突。人类真应该加深对自己心理、生理的认识,加深对各种疾病的认识。安琪认识到了这一点,那些病就从根本上失去了存在的理由。她母亲原来还很焦灼,希望我帮她找个气功师调整一下。不解决这个根源问题，不使她从学习的高目标下解脱出来，练功，吃药，治疗，都是难以奏效的。

安琪说，一看到山就感到安全。为什么？就因为山是男人、是父亲的象征，是她可以依靠的对象。

看来，安子林已经接受了我的理论。他现在分析自己，使用的语言都是我书中的。

他说每天早晨醒来后的一瞬间，先是清醒，随后就出现那个力量控制他的情绪，这也很有分析价值。

对疾病的分析，对人类疾病根源的分析，是件功德无量的事情。要沿着这个课题深入地研究下去。

＊　　　＊　　　＊

打过电话之后，才从读者来信中找到吕芬几天前又写来的一封信。

柯老师：您好！

前几天就想给您写信，但安琪又病了——感冒。所以拖至今天。

首先我想对您讲的是，通过反复对您著作的阅读，以及与您的接触,使我对您肃然起敬。您的书无疑会使很多人重新认识他们已研究出的"科学成果"。我可以想象得出,这会引出很多反对之声。但我深信,真理就是真理,它迟早会被人们接受。这是历史发展的必然,是不以人的意志为转移的。

下面再跟您谈谈安琪的身体状况。安琪出生时只有 2700 克(五斤四两),十天后因脐带感染高烧住院。因此吃我的奶也没吃几天,母奶中有益的抗体成分她没有获取多少。一个月后出院,胃口一直不好。因为她不爱吃饭,我想尽办法,着了多少急,可至今她一顿饭仍然吃不了一两主食。因为吃得少,体弱,所以每个月几乎都感冒一次,可以说是吃药片长大的。

另一方面,安琪聪明伶俐,她出生于 1978 年 3 月 6 日,阴历正月二十八,那天正好是惊蛰。我刚怀安琪的时候,自己不知道,骑着自行车和安子林去了趟八大处,回来后方觉有些异常反应——恶心,身上发懒,到医院一查,才知是身怀有孕了。

说起安琪,她倒不是个内向的孩子。虽然不淘气,可很活泼。一岁零四个月就能说很完整的句子,唐诗更是朗朗上口,一岁七个月就绘声绘色地唱邓丽君的《月亮代表我的心》。她爷爷爱听贝多芬的《命运交响曲》,安琪就拿根筷子学着爷爷陶醉的样子,边指挥边哼唱,那样子可爱极了。因此爷爷并不重男轻女,最喜欢这个小孙女。我和安子林小时候都是少年宫合唱团的,虽然爱唱,但只识简谱。安琪在小学学了五线谱,在家自学电子琴,能很纯熟地弹《音乐之声》里的《雪绒花》和《潜海姑娘》等歌曲。她的模仿力也极强,有个童星孙佳星唱的一盘歌带,她都能惟妙惟肖地唱出,大家一致认为可以乱真。总之,安琪的爱好是多方面的,活跃的,只是上学以后一系列的社会工作,加上越来越繁重的作业,以及安琪在绘画方面已取得的成绩,使得她要把别的孩子玩的时间拿出来习画,所以安琪说,我不是不爱玩,我太想玩了,就是没时间玩。另外,她又对各种未知现象都感兴趣,小脑瓜太累了。

安琪说,将来有机会真想跟着柯叔叔走遍名山大川。安琪十岁赴美国访问时,日程安排得很紧,可都是安琪喜欢干的,画呀,玩呀,参观呀,一个月长了五斤肉。可一回来,咱们那刻板、繁重的学习方式与作业,就压得孩子喘不过气来。年前安琪因高烧和功能性子宫出血(大夫说是气血太亏引起的)住院,出院后想看看课本,可一拿起书来就头晕了,奇怪的是看您的书,她不说晕了。那么深奥的"符号物理学"她一看就心领神会,马上联系到"金字塔",并以此解释"金字塔之谜"。总之,她似乎已对学校的那套方式产生了逆反心理,一上学就生病,老师说应该让她到海边好好疗养一段时间,可安子林这头又离不开。

再跟您说说安子林这一周的情况。上周二与您通话后,他情绪不错,第三天接着给美国学生上课。第四天准备下次的讲义、绘画。因为他的脚扭伤,肿得很厉害,这半个月来一直不能下楼,所以这两天他情绪又有所波动,又向我诉说他的痛苦,并说有个什么力量在驱使着、掌握着他,使他身不由己,头脑不清,不能干他想干的事。今天上午他的情绪又急躁起来,我在看一份报纸,他抢过来撕了,我想让他发泄发泄也好,就递给他一堆报纸,他撕了一桌子,然后蒙头大睡。我给您写此信,已是下午四点钟,他还没起来。安琪说,妈妈你别生气,也别着急,他这是最后的挣扎,这是黎明前的黑暗。柯叔叔说他快好了,那时间一定不会太久了。对,他的潜意识知道不能再继续称霸了,再最后折腾折腾他。

柯老师,我这里有一本关于森田疗法的书。森田是日本人,年轻时被神经症困扰,发明了这一疗法,上次安子林跟您简单谈过。这本书里阐明了"顺应自然,为所当为"的精神,以及治疗神经症的方法及病例。我想,这本书对您可能有参考价值。如需要,我下次给您寄去。

祝

老师安好!

安子林发火后,很后悔。他说那简直不是我,似乎是有人控制、操作的。又及。

吕芬

1993 年 3 月 2 日

第十章
面对面调整全家人的角色

人类有时是很愚昧的，仅仅在疾病问题上，不知有多少难以解脱的因果。一定要把疾病的真实面貌全面地揭示出来，这是人类认识自己的重要方面。

1993 年 3 月 7 日。天气晴朗，我如约按时到达。

吕芬与女儿安琪在汽车站等候。看见我，她们高兴地迎上来。路上，吕芬说：安子林本来也要来接你的。他不是脚崴了吗，肿得很疼，所以还是没能来。

我当时却联想到：能不能来也还有心理原因。如若心理上没有障碍，有决心，也就能来。如若觉得不能走，那也就是寸步难行的事情。

我说:怎么样,挺好吧?

吕芬说:挺好。安子林这些天好多了,就是有时候还有些情绪反复。

我说:那有什么,正常健康的人都有情绪起落嘛。

吕芬说:他大多数时候很好。可有的时候,他又觉得自己受一个力量控制,他摆脱不了。我们安慰他,可他还是诉说……

这样倾诉时,吕芬脸上的表情又发生变化。刚才是高兴的,明朗的,这时又微露愁苦艰难相。

我对这些心理变化都很敏感,对这里的潜在机制也洞若观火。我立刻笑着打断她:你注意到没有,两年的患病生活,使得安子林有了向你不断诉苦的习惯。但另一方面,你可能也有了要在家庭以外找人诉苦的习惯。

吕芬听了,有所领悟。

安琪走在一边,显得很会意。

我接着说:你要清楚,我们已经在电话中交谈到的一个重要观点,现在,你是安子林战胜疾病的最重要支撑,同时,你又是他疾病痊愈的最大障碍。

吕芬在微风中掠掠头发。

我又说:你最希望安子林痊愈。这两年的生活使你备受其苦。然而,往深刻了说,你潜意识中也有相反的一面,有并不愿意他结束神经症的一面。

吕芬稍稍有些吃惊。她虽然已经很熟悉分析潜意识的方法了，也很能看清安子林的深层心理，然而，她还是没有想到自己有这样的潜意识。

我说：两年来，你一方面照顾安子林跑来跑去地看病，很困苦，很累，受不了，但同时，你想想，如若安子林完全战胜了神经症，从对你的儿子般病态的依赖中解脱出来，你除了感到轻松、如释重负以外，难道就没有一点若有所失吗？

吕芬在领悟着。

我说：安子林如此病态地依恋你，不仅在腐蚀着他这样一个男人，也在腐蚀着你这样一个女人。你清楚吗？安子林两年的神经症，既极大地折磨了你，但同时——你不自觉——又有让你陶醉的一面。照顾这样一个寸步离不了你的大儿子也有一种特殊的心理陶醉。

吕芬大概领会了这一点，她点了点头。我没有继续发挥，但我知道，这个观点以后还有必要对吕芬引申。

不仅安子林要从他的患病角色中解脱出来，吕芬也要从自己两年来扮演的角色中完全走出来，事情才会真正的结束。

我感到，吕芬也在那个角色中，并且有了某种凝固的东西了。其中的道理，对于一切类似的家庭都有共同性。

安琪说：叔叔说得对。爸爸的病就是一见妈妈就重。

到楼下了。吕芬仰头指着最高的第六层说：你看，那个包起来的阳台，碉堡一样，安子林现在就待在那里，不给让出来。

我抬头看了看，六层楼的阳台用玻璃包了起来，如放置鲜花的暖房一般。因为其他阳台都没包，所以挺显眼。

人就是这样可笑。人就是在自己的情绪中，在自己任性的潜意识的支配下，扮演着各种各样很滑稽的角色。

人类其实是很苦难、很愚昧的，仅仅在疾病问题上，不知有多少难以解脱的因果。

一定要把疾病的真实面貌全面地揭示出来，这是人类认识自己的重要方面。

*   *   *

门开了，站在面前的是安子林。他戴着黑色宽边眼镜，挂着拐杖，神态似乎是个步履困难、身患重病的人。

进屋了，安子林慢慢走进房间，慢慢放下拐杖，慢慢在床边坐下。

我笑着说：你这样挂着拐杖，这状态可真够状态啊！

都笑了。安琪笑得最开心，安子林也不好意思地笑了。

我说：我根本不相信你不用拐杖就走不到门口。只要你愿意,只要你有决心,不用拐杖走下楼,甚至慢慢走上街都是可以的。可是,你现在偏要做出这个样子来。柯老师来了,我就这样站在门口迎接他。这个病相可真是做足了。

又都笑了。安子林也笑了。

我说:没必要了。我是把人的潜意识看得很清楚的人,所以,你就不用再装了。你告诉自己的潜意识,该收摊了。

屋里的气氛轻松了。

安子林说起他脚崴的情况。

我说:我们不是分析过,脚崴也不是无缘无故的。你要去做净化血液治疗,因为潜意识需要继续的治疗来维持病相。可是你又不想去,因为你隐隐约约觉得——也许理智不承认——自己不需要那种治疗。继续到医院治疗,接受生病的暗示,你不愿意,也很矛盾,但你还是去了。于是,不愿去的那一方面心理活动就被压抑下来,压在潜意识中。它怎么办? 就让你下楼踏个空,崴了脚。崴了以后怎么样,还能去做净化血液治疗吗?

安子林:本来一个疗程五次,去了两次,脚不行,没再去。

我说:是啊,这不是又去了,又不用去了。把矛盾的两方面心理都兼顾了。另外,一个更重要的原因是,你的神经症已经接近尾声了,就要好了。然而,你并不愿意就此结束这种可以完全回避社交与承担责任的角色。神经症是没有理由再继续下去了,你要有新的理由维持自己的"特权",于是脚崴了,也能恰如其分地实现这一点。也就是说,你用脚崴的病相取代了神经症的病相,为了过渡一下嘛。

气氛很活跃,吕芬倒水,安琪削苹果。

我说:还是接着刚才的话说。我们一定要清楚,潜意识是很善于制造各种疾病的。制造疾病只是它发出声音、宣布它的意愿的一种方式而已。

要懂得一点,我们的潜意识往往是"躯体思维",往往是通过身体的行为、变化来讲话的。譬如,你本来在倒茶,可是因为心中预感到某种不安,那是潜意识预感到的不安,理智并不知道。潜意识怎么表现呢? 它使你一失手,把茶杯掉在地上摔碎了。这一失手,就是潜意识为之。

潜意识可以制造失手,还可以制造失足,那就是你踏空后的崴脚了。

还可以干吗? 潜意识还可以让你身体的某一部位,某一系统,某一器官,也"崴"一下,那就是各种各样的病了。

崴脚制造了外科病。潜意识不仅可以制造各种各样的外科病,还可以制造各种各样的内科病。

安琪背靠着组合柜安安静静地站着,这时说:我前几天感冒就肯定是潜意识制造的。我没有着凉,也没有接触感冒的病人。就是那天觉得特别不想学习,接着就感到头沉了,后来就感冒了。

　　我说:安琪很有悟性。前几年,不是这儿不舒服,就是那儿有病,跑来跑去看医生。

　　吕芬说:病历一大堆。

　　我说:实际上,主要原因是什么呢? 就是对学习的抵制,对学习负担重的抵制。一方面想要门门争第一;另一方面,对这样一天到晚地学习,没有时间玩,有强烈的抵触。潜意识就使你不断地出现各种不舒服。这儿不正常,那儿不正常。如果不从这个矛盾中挣脱出来,发展下去,你到十七八岁时,就是个重病缠身的人了。你可以想想,你在这两年中,总是觉得自己身体不行,觉得支撑不住,觉得有病,对吧? 现在你看明白了,想明白了,放下矛盾了,就会觉得自己没病了。

　　安琪说:是。我现在觉得,从我前天一过完生日,就再也不会有病了。我觉得自己好像一下子从一个又黑又冷的地方跨入一个光明晴朗的世界里。我真正相信自己不会再病了。

　　我说:你觉得自己不会再病了,就真的不会再病了。这就是奥妙。

　　我看着吕芬说:你原来很担心安琪的身体,希望我帮着找一个气功师给她发发功,调整一下。我说,那没用。我第一次就告诉你们,一定要使安琪摆脱高目标的压力,要使她的身心放松下来。现在,你们应该明白了,这才是关键。安琪如果不从那种想学习又畏惧学习的深刻矛盾中摆脱出来,各种病相就会越来越重。那是吃药、补养、找气功师都没有用的。最重要的是自己思想的解放。你们可以想想《红楼梦》中的林黛玉,她因为与贾宝玉、与环境的关系处在深刻的心理痛苦中,处于无法解脱的内心冲突中,潜意识就会制造出各种病相缠住她的。让她吃药,有根本的作用吗? 给她发功,哪一位气功师可以治得了她的病? 她的病只会越来越重,最后死去。

我说:安琪有悟性,在这么小的年龄就悟透了自己生病是怎么回事,这是对她一生都有重大意义的事情。

安琪说:柯叔叔,我是看您的书才明白的。

我说:我们倒可以想想整个社会,可以设想,有不少中小学生,都被类似的情况所困扰。更不用说大学生了。安琪,我相信只要你以后不再陷入那种矛盾冲突的误区中,今后你的整个身心都将是另一个样子,你从此就健康了。

安琪说:我真的觉得我以后就完全是健康人了。

她脸上漾出春天般的明朗与自信。生命的光辉一时显得那般灿烂、无邪、光彩照人。

我知道,这是契机相合,这是灵光一现。她从此就变了,确实再也不是一个体弱多病的人了。

科学的分析功德无量。

＊　　　＊　　　＊

我对安子林说：安琪的悟性对你该是很大的启发与鼓励。

安子林点头：是，她比我有悟性。

我说：前天安琪生日，你们去山里玩。安琪说，一到了山里，看着大山，就觉得有很大的安全感。你们知道为什么？

一家三人相互看着，想着，没能回答。

我说：一般人，比如在文艺作品中，把水比喻成什么？比喻成女性。小河，小湖，是年轻女子。长江，黄河，大海，是母亲。总之，水就是女性的象征。山呢？就是男人的象征。山是男人的臂膀，是父亲的象征。安琪看到山有安全感，是因为山是父亲，是个有力的依靠。明白吗？

三个人都领会地点点头。

我说：所以，安子林，你该意识到你的角色在哪里。男人，父亲，顶天立地。

安子林点头，说：我生病以前和现在简直是两个人，过去我可不这么熊。

吕芬和安琪笑了。

安子林说：自从一病，就不行了。

他说起生病的过程。一开始很简练,渐渐又进入诉说的角色。

我说:那些过程,我们不再详细回顾了,我已经听烦了。至于你们——我转向吕芬和安琪:可能更是早就听烦了。

是。母女俩说。

你呢,安子林?也早该说烦了。我说。

安子林笑了。

我说:今天我来,主要是两件事。一件事,把我们这一个月来的心理分析最后结束。今天,我们当着面把一切话都讲到家,讲透,讲彻底。把一切潜在的因素都抖搂出来,都晒在理智的光照下。今天过去了,我们的心理分析就算结束了,不再做了。也没有再做的必要了。第二件事,我今天是打算来看看你们的画的。我对绘画很感兴趣,也在研究绘画艺术的奥妙。

安子林点头:我明白你的意思。

我把过去在电话中做的心理分析,用更清楚、透彻的语言概括了一遍。

我说:这样,我们可以看出来,安子林,你这两年不患神经症其实是不可能的。没有别的方法能更好地解决你的矛盾。你压抑着那样多的对压力的畏惧,你有对从小未得到满足的母爱的渴望,这一切怎么解决?就是神经症!在没有结婚时,没有吕芬时,你没有条件。有了吕芬,有了条件,一发病,往防空洞里一躲,像钻到母亲怀抱里一样,暖暖和和,舒舒服服,不用再考虑各种现实责任了,回避了各种人生难题了,多美啊!好一个神经症!

安子林看了看吕芬,两个人都笑了。

我说:所以,我要再强调一遍,吕芬既是你的支撑,也是你神经症难以痊愈的主要障碍。因为,她是你生病的条件之一。

安琪说:是,每次妈妈一出门,爸爸的病就好一半!

我说:是啊,你们没看小男孩躺在地上耍赖? 要是妈妈在,就会一直哭闹,妈妈不在,自己就爬起来了。

又是一屋子笑声。

我说:安子林,应该看到,这两年来自己扮演了一个很可笑的角色。

安子林点点头。

我说:人类的很多疾病都是这样既可怜又可笑。人们陷到里面不可自拔。所以——我转头对安琪说:叔叔准备下一步好好研究疾病学。叔叔一定要让更多的人明白这里的道理。

安琪说:我现在越来越明白您说的道理,疾病是在人需要的时候才出现的。

我说:所以,安子林,我在电话中对你讲过,我不病,谁能病我?

安琪说:我有体会,人有两个"我"。

　　我说:对。人有时要善于换个角度看自己。不要执着于那一个我。譬如,我就可以这样看自己! 这个柯云路,你在干什么? 你想干什么? 你在表演什么? 你现在的表情、言语、思想都是在做什么? 你在高兴什么? 你在烦躁什么? 你做出的种种相,可笑不可笑? 你在扮演什么角色? 你挺陶醉啊!

　　一家人听我这样说,都感到有趣地笑了。

　　我说:安子林,你也要经常这样看自己。这个安子林,到底要干什么? 为什么要做病相? 做给谁看? 怎么又来这种体征、那种体征,要达到什么目的? 你爱怎么着就怎么着吧,我听任你表演。你如果想病,我不管。我看着你表演。就这样。不要硬压制自己。而应该这样冷冷静静地旁观他。明白吗?

　　安子林点头:明白。

　　我挥了一下手:好了,关于神经症的分析,今天就到这儿吧。以后,我们也不多说了。我已经对你讲过,第一,你绝对不会再反复到去年那样厉害的程度了。第二,这个春天,你会一天天好起来。它没有再维持下去的理由。第三,也可能你还会残留个小尾巴。彻底根除那个尾巴有难度。要看你的悟性,看环境条件。总之,我对此没有任何担心。就那么回事。不要理它。该干什么就干什么。理疗可以不做了,没有必要了。没有必要再维持自己的病人角色了。这个拐杖,你想挂就挂着,不想挂就扔了它。咬着牙走路,慢慢脚也就好了。它不想马上好，也不强勉它，听任它。它崴着就崴着，崴够了，它就好了。

安子林笑了，扶了扶眼镜。他的肤色有些发黑，眼睛中有些直直的神经质的目光。两年的神经症，把他塑造成这个样子了，让人心中不禁生出许多同情。他是一个善良的人。内向，自省，要强，思想执着。这些特征，在不堪重压下很容易导致神经症。

我继续说：好了，从今以后，你们都结束这个角色，我们不再多谈这个病了，那是说没有就没有的事情。安子林要慢慢找到自己该干的事。现在，咱们看看画吧！我今天来这里的主要目的是看画。我还想和你们学学画画呢！说着，我站起来，表示一切都谈完了。

一家人的情绪也都兴奋起来。安子林进到那间阳台改装的小屋里去拿画。小屋的门上写着"随意"两个字。我夸奖说：这两个字写得不错！

安琪说：叔叔，这是你说的呀！

我说：我原来说的是"随意斋"。你爸爸把"斋"字省去。省得好，有悟性。"斋"字也很有些死板、束缚。

画很多，一卷卷拿出来，铺到双人床上，一幅幅展开看，大多是山水画。

有父亲的画，也有女儿的画。画得相当不错。

我一边看一边根据自己对艺术的真实感觉发表见解。

安子林兴致很高,一幅幅介绍着。

吕芬找出安琪从小在国际国内儿童画展上得的各种奖状、奖章、奖品,还有照片、录像,也有安子林在国际上得到的各种荣誉证书。

我有意识地赞扬着:安子林,你对安琪从小的培养,真棒。

安琪骄傲地说:我爸爸特别善于当老师,他可会教人了。

在床头的镜框里,有一幅水粉画。一束金色的阳光照进树林。画面明媚而宁静,好极了。

吕芬说:这就是你给安琪出的题目,晴朗的早晨。

我凝视着,从内心喜欢这幅画。

安子林送我两幅画,其中一幅"高山流水",画得很好。

安琪准备送我的一幅画早已挂在门口,是一头很稚气的梅花鹿。鹿的眼睛十分孩子气,纯真可爱。

看画用了一个多小时。我和他们一边看画,一边谈到今后的安排。安子林要开始作画了,吕芬则准备帮他推销画。她说:我不畏难。

我对安子林说:你们一切都多么好! 行了,你的神经症已经病够了,好处也取得了,可以了。咱们以后好好画画吧!

我对他的绘画提了几点艺术上探索的建议。他很高兴地接受了。

我们老朋友一样地分手了。当我拿着卷成一卷的画走到街上时，春日下午的街道上，车不多不少地奔驰着，人们来来往往地行走着。

这个世界有多少图画。

疾病是无数图画中的一部分。

第十一章

听其自然地逐步痊愈

今后对安子林的任何反复不要太在乎。把他的各种表现当作一种坏习惯对待，不要一惊一乍，不要不自觉地鼓励他的神经症表演。当然，也不要走极端，不理他，或者一味地批评他。要自然而然。要想办法改变你们的生活。病也就自然地痊愈了。

1993 年 3 月 16 日。

我感觉，对安子林的心理治疗可以告一段落了，往下要听其自然地逐步痊愈，要靠他自己在生活中逐渐醒悟，也要靠生活本身出现的各种机会。

安子林的神经症，大的反复不会有了，但是，阴雨绵绵地拖拉,留个很长的尾巴,是很可能的。不过,自己显然无须再每周打电话对他进行心理分析了。现在很重要的一点是,吕芬应该扮演一个恰如其分的角色。

应该对吕芬做出明确的"指示",使她有一个长期遵循的方针。

于是,我又挂通了安子林家的电话。

照例是吕芬接的电话。

笔者:今天我们打一个较简短的电话,好吗? 你先用最简洁的方式说说安子林的情况。

吕芬:他是在变化。今天他姨父来,两人聊过去的历史,很起劲。今天上午他又去做了一次"电休克"治疗。一个疗程五次,今天是这个疗程的第一次,在门诊做的,很难受。他本来就很犹豫,要去做,又不想做。上午做完了,他感觉不好,不想再做了。

笔者:可以不做,不要再做了。

吕芬:我们也这么想。

笔者:我今天给你打电话,主要是想对你提出六点方针。

第一,今后,你要尽量避免和安子林两个人泡在家里的局面。我讲过,你既是他的最大支撑,同时又是他痊愈的最大障碍。在你面前,他非常容易陷入儿童耍赖的性格误区。

第二,你一定要彻底放下哄养一个大儿子的母亲般的陶醉心理。这种心理对你有极大的腐蚀。你不能从这个角色中走出来,反过来也会影响他。这种陶醉心理,很多病人的家属不了解。你悟性较高,指明后,你会理解的。

吕芬:是,我已经自省到了。

笔者:第三,你还要放下祥林嫂情结。就是鲁迅的《祝福》中写到的祥林嫂,逢人就诉苦。安子林生病,他每日对你诉苦,你扮演一个照顾他的角色。但同时,你又在其他人面前,如你的同事、朋友们面前扮演一个诉苦者的角色。对吧?你诉苦,他们理解你,同情你,安慰你,这也是你的一种精神陶醉。要自省,要走出来。

吕芬:是,我觉得自己就是像祥林嫂一样。我应该明白。

笔者:第四,今后对安子林的任何反复不要太在乎,无论他再如何表现神经症,你都不要太有所谓。把他的各种表现当作一种坏习惯一样对待,不要一惊一乍,不要不自觉地鼓励他的神经症表演。当然,也不要走极端,不理他,或者一味地批评他。要自然而然。总之,你不要太当回事。

第五,你可以试着推销他的画。这方面的任何成功,对他都会有好处。

第六,还要想办法改变你们的生活,要使他真正回到有趣味的生活中来。

吕芬：我明白。

笔者：你叫安子林接电话好吗？

吕芬：好。我去叫。安琪在电话旁边，她想和您说两句话。

安琪：叔叔，您好。上次您来我家讲您看人们的疾病，有时候就像看一幅画一样。各种各样的人，他们的心理背景都像图画。

笔者：对。

安琪：我这两天突然领会您的话了。我看我过去的病，还有我爸爸的病，就像看一幅画一样简单明白。都明白了，真像一幅画。我看见自己的人在画中，可我自己到了另一个地方。从上往下看到自己。我是一下子明白的，觉得都通了。过去我看您的书，是从外往里明白，现在觉得是从里往外明白。我觉得心里特别明白，身体也特别舒服。这几天学习起来比以前效率高多了，脑子特别好用，吃饭也特别香。过去我总吃不下饭，现在变得能吃了。

笔者：这里面都有奥妙。你以后会越来越好的。

安琪：我爸爸来了。

笔者：好，让爸爸接电话。

安子林：今天又去做"电休克"治疗了。刚才吕芬跟您讲了,是吧？我现在觉得副作用大于正作用,不做了。

笔者:对。

安子林:我心里还是有些发虚,特别希望你这样的语言给我支撑。你能不能用权威的声音告诉我,我能不能好？我希望自己有决心。

笔者:我理解你的心理。你当然会好,你自己该有决心。

安子林:我也觉得我该有决心。可我……

笔者:我今天打电话,没有别的事,也不想再重复过去的分析。不必要了。我只是有几个题目出给你,你有时间可以作作画。

安子林:你说,我拿笔记一下。

笔者:第一个,叫"心无挂碍";第二个,叫"浮云无心";第三个,叫"山河随意"。你看,好吗？

安子林:我酝酿一下,找到感觉后画。

*　　*　　*

几天后,又收到吕芬的来信。

柯老师:您好!

1993年3月7日您来到了我家,使我们感到就像是多年未见的老朋友,重叙家常,使我们的家充满了欢乐,这是近两年少有的气氛。

那天过后,安琪有了很大变化。本来感冒未好,第二天症状全消。她对我说,她感到身体内有一股力量在动,使她精力充沛,不再为繁重的作业感到负担,轻松地、速度敏捷地,唰唰唰,很快作业就做完了。还不断地跟我说,妈妈,我好高兴。

安子林当天情绪也不错,可第二天就不是他了,又开始向我诉苦。他说他要死了,这两年来,他就是为了我们母女俩才咬牙挺过来了,再这样下去,他实在坚持不了啦。我明白,他还是不敢面对外面的世界,所以他不愿意病好。安琪也说,我看爸爸的"表演"就像看一幅画,而且是俯视。

柯老师,您在百忙中到我们一个普通人家来,来解除我们的痛苦,我的感激之情是无法用语言表达的。我更希望安子林出现奇迹,而且是在您的治疗下痊愈的。我希望这是事实。

16日您来电话,对我提出的六点,我都明白。其中的几点,我已开始努力。但事实常常使我很矛盾,有时感到束手无策,就有些迁就。

比如,我知道我越在家里陪他、照顾他,越会使他失去面对社会、面对生活的机会,我就上班了。给他安排一些家务,他也干得很好。我一回到家,他就开始向我发出信号:叹气、躺下,皱眉头,诉苦。原来我从心里焦急,因为去年他在做"电痉挛"之前,抑郁状况非常厉害,不但有自杀企图,并且为自己设定了自杀方式(这些都是在他极度抑郁的情况下,自己要求住院治疗后,对医生讲的)。我也知道抑郁确实导致了不少人自杀,所以,我怎敢"轻视"他的行为!我怕万一,那样我会自责一辈子,我怕这后果会给安琪带来意想不到的精神创伤。

您看到的安子林已比去年大有改观。去年他烦躁起来,在地上爬,自己打自己,脸总是阴沉着,连眼皮都不敢抬,楼也不敢下,头脑麻木,分不出左右,不能看书看报看电视。是我和安琪一点点训练他——迈左脚,抬右臂;报纸从看大标题到看一段落;下楼从先去小奶亭买牛奶(买几袋奶会吓得他像做贼似的),到去百货商场、自由市场,最后到王府井,这样一步步地系统脱敏。对我的依赖,我也是从陪他去散步,拉开一丈距离、两丈距离,到半站距离,使他一点点地感到自己还行。后来,我陪他去美术馆参观,参观完毕,我借故办点事,让他自己回家。等等。

可以说这两年来,我就像带着一个从不会走路到能自己上街的孩子那样,每一步都付出了我的心血。安子林能有今天,从良心上说,我绝对对得起他。可使我心理不能平衡的是,他对这一切视而不见。他总埋怨我没尽全力,有时弄得我确实心情非常烦躁,非常矛盾,他使我不知所措,况且,我最怕他真的出意外。

　　记得以前给您去信时，我说到过我喜欢文学，看过不少世界名著。我最喜欢的、最震撼我心灵的是雨果的《九三年》和《悲惨世界》，我喜欢剖析人性的作品，人性的深刻内涵常常使我深受感动。它的优与劣、善与恶，总是深深地触动我，使我的心灵震颤。记得《悲惨世界》中的主人公冉·阿让说过：对于别人不应只是索取，还应该给予。（大意）这句话几乎成了我人生的座右铭。所以无论对邻居、同事、同学，我都尽量地给予，当然给予最多的则是母亲、丈夫、女儿。尤其婚后十几年来，我几乎没有了自我，我心甘情愿地付出，他们也心安理得地接受。于是我把他们（我最亲近的三个人：母亲、丈夫、女儿）惯坏了。我满足于贤妻、良母、孝女的称谓及称赞。我感谢您，是您使我看清了自己这么多年来所扮演的角色，我的爱，过分的爱——溺爱，已使他们的心理、生理起了不正常的变化。

　　幸亏有缘与您相识，安琪得救了。这孩子有灵性，悟性高，她明白了，她自在了。

　　通过读您的书，与您接触，我的心理也在一天天起着变化。我不再那样焦虑，心开始放下来了，对待我所处的环境泰然了。我在按照您说的话改变自己，改变我们的家庭（生活方式），除了美国学生来上课，我特意安排同事带着孩子到我家跟安子林学儿童画（这方面他是很有经验的），陪他去串门。但是他的潜意识看来是很固执的,这些不足以使他摆脱病人角色。16日在他的"强烈要求"下,我陪他到安定医院又做了"电休克"治疗。"电休克"治疗是根据癫痫病人发作脑内放电后,病情有所缓解而发明的一种疗法,也就是让潜意识的能量释放的一种方式。去年做过五次,有一定的效果。这次他已没有原来那样抑郁,按您的分析,能量已释放得差不多了,所以再做没有正作用,有的只是副作用。而且,我当时目睹了他将"休克还未休克"的状态,很恐怖,真不忍心再让他去受那份罪,他自己也觉得效果不太好。当时他要求去做"电休克"时,我苦于无法及时与您取得联系,只得依他。幸好晚上您来了电话,当时他的头很痛,与您通话后,他说头不痛了。

安子林这个人确实很聪明,以前经常给人"出谋划策",可现在却无法给自己找到正确的出路。您那天来家里,也说他是高智商的人,不用蒙他,实事求是地分析明白他的病因。但事后他说,其实他最易受暗示,但必须是积极的暗示,又具有权威性。他希望您能摆出点架子(权威状态)。

他虽说头晕,我和安琪昨天跟他骑车去美术馆对面的百花工艺品商店买镜框(为安琪给您画的那幅画配的),他回来后又装镜框又洗碗,也都做了。今天早上又向我诉说不舒服,我平淡地给他分析(我现在心里逐渐已不拿他当病人了),他说道理都明白,但是身不由己,大脑不由他控制。

安琪又画了一张春意盎然的画,想送给您。希望您能再来,把送您的画取走,顺便再给安子林治治病,让潜意识别再控制他了。

祝您

安好!

吕芬

1993 年 3 月 19 日

＊　　　＊　　　＊

1993 年 5 月 7 日。

不久前去了一趟海南岛,刚刚回到北京。满城春意盎然,窗外的杨柳已经绿了,在风中摇曳,麦田则是油绿如毯了。

我把吕芬 3 月 19 日的来信又看了一遍,也整个看了以上的纪实文字。我以为,我与安子林的故事该在这儿打住了。

目前的结果是:安琪的神经症与身心疾病已完全地解决了,她得到了解脱。她的一生将会较少受到这方面的折磨与困扰。而吕芬无疑也真正认清了自己,认清了家庭,认清了神经症,她会更好地安排自己、安排家庭,也会更好地引导安子林。

至于安子林,他在理智上已基本认识清楚了自己的潜意识,他的神经症症状两个月来有了明显的减轻。

然而,安子林还没有完全康复,还有一个尾巴。

我曾经分析过许多例精神神经症,许多神经症患者往往经过几次分析就可痊愈。有的则更神奇一些,一次心理分析就解决了问题。

当然也有较顽固的。然而,像安子林这样顽固的神经症,并不太多见。

此刻,想想安子林的整个情况,想想他的先天后天的全部素质,想想他周围的环境,也就明白,他的神经症的顽固也是必然的。

今后,作为他们一家人的朋友,我还会与他们保持联系,尽可能向他们提供帮助。

除了心理分析以外,除了各种心理治疗手段以外,可能还会采取一些更"技术"化的医疗手段。

如气功。如催眠术。

不过,就预感而言,这些"技术"化的医疗手段,对于安子林已不需要了。只要吕芬能够执行我给她指出的六点原则,只要他们一步步走出家门,安子林的神经症就会自然而然地痊愈。

神经症在一定意义上讲就是家庭病。调整了有病的家庭环境,也就治疗了神经症。说真的,自己非常同情安子林一家的境遇。然而,从帮助他们的第一天起,自己所着眼的,就是一个更大的目标,那就是为了人类的身心健康而工作。

其中一个题目,就是揭示人类疾病的根源。

疾病是人类社会的一个重要组成部分。

揭示了它,也就在一定意义上揭示了人类社会的许多东西。

*　　*　　*

在这之后,我忙于别的事务,虽还常常想到安子林一家,但已难于分出时间与他们联系。

几个月后,又收到吕芬的来信。

尊敬的柯老师:您好!

请原谅我这么久未给您写信。自从那天起,您的"要当机立断"的忠告,就像是当头棒喝,使我醒悟。是的,不能再这样下去了。否则贻误了自己,贻误了安子林,也贻误了安琪,贻误了我们这个家。

第二天,我就找到一位出版社的朋友,和安子林一起干起推销员的工作来了。开始安子林只是帮我取书,过了一段时间,他也战战兢兢地开始步入了社会。机关、企业、学校、公司,无处不留下我们的脚印。通过推销书籍,既锻炼了身体,又有了经济效益,还为他的社交恐惧提供了一个"系统脱敏"的好机会。一个月后,竟然也收入了六百多元。拿着这钱,我们三人去了北戴河。那是 8 月下旬。湛蓝的天空,细软的沙滩,再加上母亲般温柔的大海,安子林的精神状态极佳。几天里,有关身体不适的话语只字没有。若不是安琪即将开学,在那儿多住些天,效果会更好。两年多来他从未走得这么远,还坐了火车。这在他临去北戴河之前是不可想象的。临行之前,他还犹犹豫豫,说六个小时的火车他坐不了。我说你若不去,我和安琪两人去,你看家好了。结果他也跟着我们一起上路了。北戴河之行使他有了自信,我想还要趁热打铁,9 月中旬,我和他又去了昌平,住在一个老朋友家里,人家借了两辆自行车给我们,今天去十三陵,明天去沟崖,后天去虎峪,一个星期过去,昌平附近的风景都看遍了。一路上他画了不少写生稿,回来后画出了几幅不错的作品。接着我们继续推销书。安子林说,柯老师不是说叫咱们商量找个咱俩可共同干的事吗? 推销书就是最好的方式。

　　10 月中旬,台湾来了几个亲戚,请我当导游,自然又是我们二人一同前往。故宫,颐和园,圆明园,香山,卧佛寺,最后是八达岭。每天早上七点出发，晚上近十点钟回来，我都累得够呛，安子林蛮好，一路上还不停地给他们讲些典故、由来什么的。

总之，从这三个多月的表现来看，他已经是个正常人了，什么都能干了。但是前些天一个亲戚帮我介绍了一份不错的固定工作，他就反对。说你愿意去可以，我一个人不能去推销，我在家一待就完了。我想，这就是您说的那个"尾巴"。我倒是能够很坦然地看待这个问题。什么是贤妻良母？那和自我牺牲是要画等号的。两年多来，他的每一步都是在我的扶持下走过来的，现在他已经好了九成，我的这根拐杖还是要在他不知不觉中抽掉，否则我唯恐前功尽弃。

柯老师，我们能有今天是与您的帮助、关心、爱护分不开的。如果不是那天您的点化，我们不会有今天走出"家"、步入社会的可能。

自从看了您的书，又有幸与您交往，这真是我一生中最大的幸事。您告诉了我应该怎样做人，怎样生活。现在，我比以前达观了许多，也明白了"苦难即菩提"的含义。是的，痛苦往往是人生最宝贵的财富。未认识您之前，我简直痛不欲生，以为我的人生之路只是黑暗。而现在，再遇到什么困难我都会泰然处之，因为这本来就是人生历程中所要经受的。都过了四十岁才明白这一点，以前的我真是太幼稚了。但现在明白也不晚,就怕一生糊涂,那才可悲呢!

　　知道您一直在发奋地工作,说一句电视剧《渴望》主题曲中的歌词作为对您的祝福——好人一生平安!

吕芬

1993 年 11 月 5 日

尾　声

1995 年 1 月 26 日下午,春节前夕。

这是一个晴朗明媚的日子,五塔寺一片温馨祥和。

我在宽敞的办公室接待了安子林一家,我们已经一年多没见面了。

他们带来了一件小小的礼物,那是安琪在一个白色瓷盘上为我作的画像。画像中的我显得更年轻一些。我高兴,且有些感动。

我们谈一年的生活,谈我刚刚拍完的电视片。一片欢笑。安子林早已完全康复,现在是一家文化公司的经理。比起两年前,他年轻了许多,坚定乐观,判若两人。吕芬也早已上班,性格开朗。他们的女儿安琪聪明健康,考上了理想的学校。

　　黄昏时分,刮起了小风,我送他们上路。高大威严的五塔寺上风铃叮当作响。他们走得很远很远,不时回过头来频频招手,然后三个人一起骑上车,融入喧闹匆忙的人流中。

　　我注视着他们。这是一个幸福的家庭。愿这个家庭永远健康幸福。

　　愿千千万万的家庭健康幸福。

附　录

破译疾病密码的必由之路

　　多年来,笔者在研究人类生命奥秘这个课题的过程中,大量考察了人类的疾病现象。

　　对疾病考察与研究的结果,是写出了《破译疾病密码》一书。

　　《破译疾病密码》与本书《走出心灵的地狱》是姊妹篇。

　　《破译疾病密码》一书的诞生,与分析大量神经症病例分不开。神经症是揭示许多疾病秘密的钥匙之一。

　　分析神经症,只是认清人类潜意识的一个切入角度。而真正认清潜意识的面目,则是破译疾病密码的必由之路。

　　为了使本书读者同时还能够顺利转入《破译疾病密码》一书的阅读,下面,我们要对潜意识的奥秘,潜意识与疾病的联系,做一些阐释。

这些阐释,体现着笔者对潜意识与疾病学的些微透视。

一 潜意识的秘密

意识是一种特殊的物质

宇宙运行、演化多少亿年,最后进化出具有意识的人类。整个宇宙的运动都变成了人类的语言,这语言主要是以意识、思维的方式存在着。人类的意识、思维与宇宙的运行是相合、相应的。宇宙的整个秘密都凝聚其中了。这种相合、相应、凝聚,在人"天"之间是有着物理联系的。

因此,宇宙的运行规律,决定着人类的意识、思维;而解析人类的意识、思维,也便解析了宇宙的奥秘。

因为意识与宇宙不仅相合,而且表现为具体的物理联系,所以,意识、思维是能摄取、影响宇宙能量的。

意识、思维不仅表现为大脑的运动,而且是波状的、辐射的,是特殊结构的场。

对意识的解剖,将是人类智慧升级的重要前提。许多未知现象都与意识相联系。我们最不了解的恰恰是我们的深层意识。我们暂称它为潜意识。对潜意识的定义，也该不断丰富发展。

我们的大脑

根据催眠术提供的资料，可以毫不怀疑地认定：潜意识对它经历的一切，包括看到的、听到的、闻到的、尝到的、触摸到的、感觉到的、思想到的一切，都是有记忆的，都是储存下来的。

包括他在胎儿时及出生时经历的一切。

这是第一，即可谓"完全记忆能力"。

第二，还可以推测：人的潜意识对他学到的全部知识、全部理论，不仅是有记忆的，而且也是懂的，因为它把解释这理论的一切也都记忆了。

这可谓之"完全理解能力"。

第三，人在生活中学到的一切"逻辑"（最广义的含义），或者说一切程序，都是储存进大脑的。

这可谓之"完全储存能力"。

这一能力，当然和"完全记忆能力""完全理解能力"相联系。

根据"完全储存能力"，可以推论，潜意识完全可以根据他看到过、听到过的任何一个逻辑、程序,在大脑中进行演算,推演出新的知识,新的理论,新的结果。

第四,人的各种联想、想象能力,不过是更高级的"逻辑"与程序。根据联想、想象,人可以几乎无限地扩展已有的知识。

要知道,联想、想象,其中不知有多少具体的程序。不可胜数。

这即可谓之"联想、想象能力"。

第五,大脑中除了储存逻辑程序,联想、想象程序,还储存直觉程序、美感程序、梦想程序,各种各样显意识的思维程序、潜意识的思维程序。

可以说,生活中的一切经验、判断、知识、理论、科学、哲学、艺术,无数的书籍、言论,都含着多得无法计数的程序。

程序之间又有程序,可以相互推演。

大脑神经元之间亿亿万个联系,不过是程序间的无数联系的可见面貌。

无数的程序与联系又可以根据程序相互组合、排列、推演、衍生,构成难以想象的无限多的程序与联系。

它们足可以把一个人经历过的一切素材、感觉、经验、感情、知识、思想、理论,扩展到无限,足以包括人类全部已有的知识,甚至还能包括人类现在看来未有的知识。

这种解释,是把大脑看成"容器",意识是容纳于其中的,还以电子计算机来模拟地理解它。

这是人类目前最常规的思路。

仅仅这个思路，只要我们能彻底贯彻"完全记忆能力"等一系列法则，就足以解释：人如若能真正提取自己大脑中，特别是其潜意识储存的一切，就能具有整个人类的智慧。

从这个意义上讲，天下就是一个人。

人类就是一个大脑。

关键在于"提取"的技术。

潜意识对一切都有记忆，都有储存；只是显意识缺乏足够的提取手段。

人本无记忆力强弱之分，也无推理能力大小之分。

只是提取能力有高下之分。

各种思维，说到底是各种提取技术。

除了通常的逻辑思维，我们想说：想象，直觉，灵感，美感，昼梦，梦，各种潜意识思维，催眠，艺术家的天才，都有特殊的提取方法。

人要智慧，究其实是发展开拓自己各种提取潜意识的技术。

潜意识是仁慈的，又是冷酷的

我们如若目光透彻，在人类社会中到处可以看到潜意识的外貌、潜意识的作为、潜意识的"言语"。各种各样的建筑、绘画、音乐、雕塑、广告，无不有潜意识在"创作"。神话、传说、诗歌，都是潜意识的"歌唱"。人的表情、动作、各种各样的情绪，人的各种各样的过失、失常、失控，无不是潜意识作怪。

疾病不过是潜意识表现自己意志的一个方面。各种各样的疾病都是潜意识的作为，都是潜意识的作品。

它用疾病来保护你，使你避免承受不了的负担；工作太累了，它让你感冒，休息一下；吃多了，它让你腹痛，少吃一点；它用疾病解脱你的自疚、惭愧、不安；它用疾病惩罚你，转化释放你的自疚、惭愧、不安；它以疾病的方式使你避开不愿承担的各种责任，病了，可以不工作；精神失常，则连法律责任都可以不负；它还用疾病的形式为你预测重大危险和事变；当你精神上难以活下去的时候，它给你创造不治之症；等等。

潜意识是仁慈的，又是冷酷的。它是保佑你的"神灵"，又是惩罚你的"神灵"。

潜意识与整个人类的潜意识相通时，与宇宙的意念场相通时，就更表现出"神灵"的神灵。它保佑你，又惩罚你。善有善报,恶有恶报。它执行裁判。

人类开始越来越敬畏它。

究其实,我们相信,这神灵是无所不知、无所不能的。它可以知道一切、制造一切。

它不仅可以制造疾病,也可以制造事故。各种自我过失性事故,都是潜意识假你之手制造的。切菜时怎么会失手切伤手指?在车床旁怎么会操作失误伤了自己?都是潜意识无意而有意地暗中在支使着你。

人在心理异常时,不是常常失手打碎杯盘碗碟吗?各种自我过失性事故,都是如此性质的。不仅如此,就连那些非自我过失造成的事故,也是你的"神灵"所为。

譬如,车祸;譬如,飞机失事;譬如,轮船失事;如此等等。包括你遭到火灾,地震被砸伤,中毒,误食有毒食品,等等。

这你不能理解了吧?你会说,那不是我的所为啊。那不是潜意识能假手于我制造的呀!

那么,让我告诉你:潜意识是具有某种预测能力的。从理论上讲,它可以"保佑"你避免这一切灾害;然而,又可能不保佑你避免其中某个灾害。

"神灵"的这种"选择",就是一种裁判。

所以,它有时鬼使神差地使你躲过了灾难,例如,你刚要乘飞机去外地,但是,路上交通堵塞,或汽车出了故障,使你误了起飞时间,结果,那架飞机遇到了空难。

有时候,它又鬼使神差地使你"撞上"灾害。你明明要从那条路上走,一时心血来潮,改走这条路,正好遇到桥梁坍塌,你便掉到河中。

"神灵"由此让人感到它的存在,让人类敬畏。

潜意识与神秘力量

我曾剖析过许多神秘现象。其中的一个典型案例是"金曲一案例"。

金曲一是广东人,在"文革"中曾惨遭关押。在关押期间,有精神分裂的症状,自称被"盘古大帝"的神秘力量控制了。这个神秘力量经常使他脑海中出现幻视、幻听,向他展示宇宙生成以来的全部经过及发展,像放电影一样,把宇宙的历史及未来展现出来,并用画外音对他进行讲解。讲解的问题涉及各个学科。每当金曲一不相信这个神秘力量时,他的身体和言行便不受自己控制,常常不能动,抬不动手脚。在关押结束后的相当长时间内,金曲一仍受到这种力量的控制,一方面,他倍受折磨;另一方面,他又获得了此前完全不曾有的下笔滔滔的写作能力。后来他写了一部书,披露了这个过程。

这是一个真实而神奇的记录。它可以说是一个很深刻的

"案例"，为我们研究心理学、精神病学、特异功能学、气功学，提供了一个极为深刻的典型。更进一步，也为我们研究宇宙学、人类学、历史学，提供了奇特的参考资料。

通过对这个案例的透视，我们可以认识到：

一、人的潜意识平常是处在压抑状态的，它以潜在的力量影响着显意识。一旦显意识的控制力放松乃至崩溃时，它就以不同的程度、不同的形式裸露出来。

现在，重要的已不是承认这样一个笼统的原则，重要的是研究潜意识是如何具体地裸露出来，它裸露的规律、手法都是什么。

二、潜意识是具有某种神秘色彩的。它有时表现为神秘的幻象，有时表现为神秘的控制力，有时表现为神秘的特异功能。当我们把这一切归为一个"神秘力量"所为时，我们对神秘力量的研究，就是一个重大的课题了。

三、人类社会历史中，一直存在着这个神秘力量。人类历史中的许多神秘未解之谜可能都与这个神秘力量相联系。揭示了它的奥秘，就可以澄清人类历史上的许多迷雾。

四、这个"神秘力量"存在于每个人的意识深处。这个力量深深地潜伏着，广大地弥漫着，持久地延续着，多方面地相通着；在人类生活的各个方面制造着情节与故事。而它的每次出场，都是被"请"出来的。

"请"的方式是多种多样的。自觉地和不自觉地,主动地与被迫地。总之,每当需要它出现时,它便出现了。

五、当这个神秘力量以一种不可抗拒的支配力影响某个人时,这个人就表现为某种心理障碍、精神疾病。当它以一个独立的人格控制一个人时,这个人就表现为人格分裂。

彻底揭示这个神秘力量的真实面貌与其一整套发生、发展、活动的机制,乃是我们认清所有精神病根源的必需的基础工作。

六、研究金曲一以及相类似的案例,我们还可以清楚地看到:

艺术天才与精神病患者有时只有一步之隔。

人体特异功能与精神病亦是一步之隔。

阴阳鱼的旋转是玄而又玄的。相辅相生,此生彼长。一切都在有无之间。

用现代语言讲,要搞清楚显意识与潜意识的关系。

要理顺关系。

无理,相悖,则出乱子。

七、人类必须注意调整自己的心理,注意自身的心理健康。

一定要很好地把握自己的命运。要安放好自己的心灵。

八、我们在日常生活中要达观,要开朗,要坚定,要镇静,要堂堂正正,要光明磊落,要一身正气,要拿得起放得下,要本心清静,要把握住真我。

而在自身的修炼中,更要求光明正大之大道。对任何神秘的特异功能,要坦然处之。绝不可执着,不可追求。应该来者不拒,去者不追。对任何神秘的幻象,无论是神仙佳境,还是魔鬼恶境,都不为所动,不为所惧,坦然自处。见怪不怪,其怪自败。

人无论在生活的特殊境况中(如受到极大打击,精神崩溃),还是在气功修炼中遇到各种幻象,究其实都是以往人生经历的反映。

九、我们每个人要学会从自身的全部生活经历中分析自己的各种精神现象与现状。而我们人类则要学会从整个人类的生存经历中分析人类的各种精神现象。

这几乎就包括了神话在内的大部分人类文化。

人类应该认识清楚自身。应该认识清楚我们身心(特别是心)两方面的结构。我们要智慧。我们不能再在愚昧的迷雾中挣扎。我们一定要揭示各种未解的神秘现象之谜。

生理与心理是相互联系的

很多生理上的疾病是由心理造成的。可以说,绝大部分病都有心理原因。但是,中医用中药治疗,似乎完全是作用于生理的,结果却把很多心理原因造成的疾病治好了,为什么?

因为心理、生理是相互联系的,是相互转化的。心理的原因可以导致生理疾病,很多生理疾病可以从心理入手治疗,这是事物的一方面。另一方面,生理的变化也可以反过来影响心理的变化。

更详细说,在疾病分析中,有几个相联系的因素要并列出来:

一、表层心理;

二、深层心理,即潜意识;

三、潜意识中储存的信息;

四、生理疾病。

这四个因素是相连的。可以综合入手,实施治疗。也可以只从表层心理入手。也可以用弗洛伊德的自由联想,或用催眠,从潜意识入手。也可以从提取潜意识中储存的信息入手。还可以直接用一般医疗手段,吃药、打针、按摩、针灸、理疗,直接从生理疾病入手。

就疾病学而言,如何搞清楚心理、生理之间的相互关系,找到疾病的心理、生理两方面机制,是非常重要的。

心理影响生理,心理原因导致生理疾病,有以下几个层次:

一、情绪对生理的影响。中医讲喜伤心,怒伤肝,悲伤肺,思伤脾,惊伤胆,恐伤肾,就是此类。除此,人的一切情绪对生理都有特定的影响：烦恼，不安，歉疚，羞辱，紧张，焦灼，苦闷，抑郁，惆怅，忐忑……

二、理智思维也对生理有着特定的影响。有条有理的思维，逻辑混乱的思维，自由放松的思维，紧张拘束的思维，对生理都有不同的影响。

三、意志对生理的作用，就不言而喻了。

四、性格对生理的影响。性格原是心理中比较稳定的东西，它对生理的影响是显而易见的。

五、潜意识对生理的影响。神经症中的癔病是最典型的。

六、潜意识几乎参与了绝大多数疾病，成为其原因。不明白这个道理，往往是头疼医头，脚疼医脚。

体察身心之间的联系

凡是思想中有不通的地方，往往会反映为生理的不通。

一个人遇到发愁的事，马上会愁眉苦脸，皱着额头。不要以为这时只有脸在发愁，你的整个身体都在发皱。脸上的肌肉放松，表情放松，全身的肌肉都是放松的。生命是个相互联系的统一体，脸的不同部位与身体的不同器官是相联系的。

现代医学已经证明，一根头发就可检测出一个人的身体健康状况。中医的耳针则通过对耳部的针灸，达到治疗全身的目的。

当一个人的脸在发皱时,不仅身体会发皱,五脏六腑也在发皱。什么叫"提心吊胆",什么叫"胆战心惊",什么叫"心平气和",不要只把它们作为一般的形容词,这是一种状态。当一个人恐惧时,不光脸上是恐惧的表情,他的脏腑也在恐惧,所谓"胆战心惊"。当一个人心态祥和的时候,不光是脸的表情安详,他的身体同样是"心平气和"的。

要体察身心之间的联系。

生病的需要和好处

仔细研究就会发现,各种各样的心理原因压入潜意识后,竟经过曲折的途径,最后表现为生理的疾病,如瘫痪、口吃、面部抽搐、胸肋胀痛,某些心脏病、消化系统病等很多病症。当患者潜意识中的心理病因去除后,生理上的病症很快就好了。

癔病的例子就说明:癔病几乎包含了绝大多数疾病的奥秘。人类很多疾病都是与心理、潜意识相关的。只是人们还远未认识到这一点。

人在社会生活中,每日不知有多少紧张、忧虑、压力、愤怒、愧疚、不安、烦躁、苦闷、恐惧、惊怯、无聊、仇恨、嫉妒、懊恼……这些心理因素,最终都累积转化为生理状况了。

绝大多数疾病(除外伤、中毒等)，都有心理原因。

再加上种种环境因素，你有生病的需要，你有生病的好处，你有生病的自我心理暗示，你就自然、必然要生病了。

这绝不是开玩笑，而是非常深刻的思想。

许多病都是在"需要"时生的，心理的需要，应付环境的需要。而这需要往往与生病的"好处"相联系。人生病又总是与不自觉的自我心理暗示相联系。

一个被世俗生活中种种事务执着纠缠的人，万念交心，不得清静，怎么会不得病呢？

不要"自造病相"

我们曾反复讲过潜意识是如何制造疾病的。现在用更简洁的说法，即是"造病象"，或说"造病相"。

要健康，首先是不要"自造病相"。

你可能不理解，愕然了。

我却要说，人的疾病，在相当大的意义上是自造病相的结果。能悟到这一点，将终生受用。

人不仅"自造病相"，还"自造疲劳相""自造苦相"。一个人若善于自我分析的话，可以审视到，你的疲劳，无论是脸色的疲劳、身体的疲劳还是精神的疲劳，在相当程度上是"自造疲劳相"的结果。它与你的劳动支出并不成正比。当你做不愿做的事情时,当你伺候你不心甘情愿伺候的人时,当你的劳动有勉强、畏难、厌烦等心理时,你是很容易疲劳的。你会发现,自己的潜意识在制造疲劳相。

你每天不自觉地造各种病相、疲劳相、苦相,你不病吗?你不衰老吗?

林黛玉就是自造病相的典型。她是自造病相而死的。

人要大度,大超脱,这样就无病。"我不病,谁能病我?"

如果你有悟性,为什么不可以"自造健康相"?为什么不可以"自造年轻相"?

不是在理智上给自己一个健康年轻的意念就行了,而是要深入潜意识中,修炼、培育出这样的潜意识。它不是制造你的病相、疲劳相,而是无时无刻不在制造你的健康相、年轻相。

人是什么?

人是由身心两个方面,即肉与灵、身体与意识两个方面组成的。这种组合的实质是我们要逐渐剖析研究的。佛教对"有情"(生命)、"名色"的形成解释非常值得研究。它认为生命是由土、火、水、空、风等物质元素与受、想、行、识等精神元素合成的。

如果从这个思路出发,把人看成是物质与精神元素合成的,而且又看到"诸行无常",一切都在流逝变化中,那么,我们将非常清楚地看到:人是宇宙在时空两方面的一部分。天下没有一个单独的、独立的人,有的是无数物质、精神元素的交织与演化。

人有身心两个方面,而人只是宇宙的缩影。我们也会想到宇宙中也有意识(意念)与物质两个方面。意识也是遍及宇宙的。宇宙是一个大脑。

根据研究,我们发现意识有能量,有物理能量。由此出发,我们大胆认定:意识也是物质之一种。

生死,荣辱,有无,实虚,物质与意识,都是这个"世俗"四维时空内的事情。

究其实,人类已有的一切科学、哲学,对一切事情的阐述,可能都是"暂时"的、"姑且"的、相对的,都是不彻底的。

精神(意识)转变为物质,有两种方式。

一种,意识可以转变为行动,或者再通过人控制的机械等科技手段,转变为更大的行动,表现出社会的、最终是物理的能量。

另一种,潜意识直接表现出物理能量。

潜意识与疾病

我们已经认识到疾病同潜意识紧密相关。催眠中的指令能控制人的生理,是我们理解潜意识控制生理的钥匙。

一切身心疾病都有潜意识的原因,甚至可以说,许多的疾病都源于潜意识。

潜意识致病的规律:梦一般的语言逻辑。"释病"如同释梦。潜意识致病的逻辑,是隐喻的逻辑,是"语言游戏"的逻辑。

有时候,连外伤、中毒等"意外事故"也是有潜意识原因的。甚至可以"夸大"说,也是由潜意识造成的。潜意识原有预感避灾的能力,但是它"有意"不这样做。而且,它还可能"有意"制造伤害自己的事故。

潜意识既然能通过身心疾病,甚至通过"事故"对人进行自惩,那么因果报应、因果病也就可以解释了。

人的许多疾病,包括外伤、中毒等事故,都有可能是由潜意识"有意"造成的。

而潜意识这种角色,就是"神灵"。

潜意识有什么致病因素也不是没原因的,它是由人所处的社会、生活环境决定的。

这一切,都是"客观"的、"命运"的。

因此,疾病最终是和人的命运联系起来的。

疾病只是命运的一部分。

这种彻底的"疾病命运学",也将为我们认识人类社会及人生,提供新的角度。

潜意识思维、潜意识行动,也是有其"社会法则"的。

爱是一种物理现象

任何人的潜意识都该有"回忆""制造""提取"比喻的能力,这种能力有大小之分,有敏锐迟钝之分。譬如,小说家就该比较敏锐,这样他才能自如地运用各种比喻。但是,普通人在出现比喻时,可能只有一个几乎看不见的印象在记忆中倏忽掠过。当我说请你去买"橘子"时,我说和你听,两个人脑中有没有出现"橘子"的图像呢? 好像没有。其实都该有的。抽象和具象的对应,都可能在脑海中掠过具象,只是我们没有觉察。

我们说:爱,是很好的自我心理调整。你在爱时,爱人,包括爱自然,爱山水,爱草木,爱动物,都能体会到身心健康的怡悦感觉。

爱也是一种物理现象。

爱是有物理能量的。它不仅调整心理、调整生理,还有物理能量。

博爱使人相对进入了清静无为、超脱达观的境界。

关于博爱的种种说教,使得奉行的人们进入一种心理自我调整,抚慰人类需要抚慰的灵魂。

就实质而言,各种宗教其恒久力量的基础之一,是它满足了人类心理的某种需要。

"迷信"的潜意识

人们都不愿夜晚来墓地。因为太恐怖。

一说到鬼、灵魂,人们便称其为迷信。然而,既然不相信这一切,为什么对墓地、对死人有恐惧呢? 那是因为在潜意识中,人们对鬼、灵魂之说还是有所相信的。人们在潜意识中还是"迷信"的。

这就是深刻的本质。

一个一脑袋科学逻辑的人,可以堂堂皇皇地宣称他根本不相信鬼神、灵魂之说,然而,他对墓地却会有不由自主的恐惧。

他的潜意识是"迷信"的。

当我们能够把生与死、物质与意识都圆圆融融地看分明,归于无,那么,我们就真正超脱了。

二　与潜意识对话

学会与潜意识对话

知道人在梦中是什么状态吗？那是理智失去控制、潜意识自由活动的状态。而在白天的日常生活中，人是很不自由的，他的全部言行都是受到多得难以计数的条条框框的自我约束的。

要知道，人的潜意识平时总是畏惧并仇视显意识的统治的，它总是转入地下，在那里潜伏、蓄积着它对显意识的不满和反抗。这种不满和反抗总是通过各种狡猾的、转化的形式对人体进行着破坏。当你找到一种类似做梦的方法，使潜意识与显意识能自由平等地对话了，让潜意识把话讲出来了，能量释放了，它与显意识沟通了，相互谅解了，它们的关系就正常了，畸形的对抗便消失了。

这与社会可做一番类比。

统治者在明处，被统治者在暗处；统治者在上面，被统治者在下面；统治者的力量是公开的，被统治者的力量往往是隐蔽的;统治者掌握决定权,似乎是强大的,但实际上,被统治者的潜在力量才广大且有高能量;看着是统治者在决定一切,其实被统治者的力量制约、决定着统治者的政策。统治者让被统治者自由讲话,平等对话,让其愿望在统治者层次有所显露,社会才能趋向正常。

这个"比喻"表明,自然界、社会、万物都有相似的结构与规律。在高级境界中,显意识与潜意识的对话以无比微妙的方式完成。

与潜意识对话的方法

潜意识是潜在的,往往是人的显意识意识不到的。但是,潜意识又不是绝对潜藏的,它有各种显现的途径和方式。它外化为各种"面貌",它有特殊"语言"及"语言方式"(均是广义的语言概念)。

要从其各种显现的"面貌"来了解其真实的内在含义。这里有个翻译问题,即把潜意识的"语言"翻译(或说解析)成显意识的语言,也就是通常理智思维可以掌握的语言。

这是与潜意识对话的第一个含义:"听"潜意识言语。

翻译、解析潜意识语言,要特别注重对弗洛伊德精神分析学的研究,那里有最初的天才思路。

在翻译时,要特别注意抓住潜意识思维的几个突出特点:

一、潜意识是制造比喻的天才,它的思维到处是隐喻的规律。

二、对于语言文字,它总是按字面的意义来理解,是抠字句的机械思维。你说你"气死了",它就认为你是气得死了,而不是气坏了。

三、图像联想异常丰富。就深刻本质说,它是用图像在隐喻。它是象征主义大师。

与潜意识对话的第二个含义是:对潜意识"讲话"。

有各种各样的方式。

可以直接对它言语。它本质上一切都听得见,然而,有可能似乎对一切都没听见,它可能对你的话没有反应。它不理睬你,它沉默。

可以在放松入静的状态中对它讲话,这样,它就听得进去一些了。

可以用精神分析、心理分析的方法对它"讲话",这样,讲话就可能进入它的思维了。

可以用艺术的手法对它"讲话",音乐、图画、各种艺术作品更有可能对它发生影响。

可以用催眠、自我催眠的方法,暗示、自我暗示的方法,都能有效地对它讲话。

与潜意识对话的目的

对潜意识"讲话",要达到什么直接目的?

一、告诉它什么,使它知道,使它明白。

二、向它提问,使它回答。

三、影响它,说服它,劝诫它,安慰它,开导它,教育它,做它的工作。

四、指示它,指挥它。

五、调动它,调动它的积极性,调动它的潜在智慧、潜在能量。它可以表现出超感知觉,表现出高智慧,表现出科学、艺术、哲学的天才。

对潜意识讲话,就是要完成上述五个任务:告知;提问;影响;指示;调动。

要掌握、摸透潜意识的性格、习气、思维方式、接受能力。

善于用最有效的、巧妙的方法对它讲话。

使它能听进去,能听懂,愿意听,能接受。

它是非常"任性"的,是不那么容易受你支配的。如若善于对它讲话了,善于告知它,提问它,影响它,指示它,调动它,你就了不起了。你就会有艺术天才。你就会有科学天才。

艺术、科学的奥妙都与此紧密相关。

催眠、暗示在这方面的奇效将为我们提供理解全部奥秘的钥匙。

全部影响、调动潜意识的艺术的奥秘。

分析自己在艺术创作中的自由联想,分析自己的昼梦,分析自己编造"神话"时的潜意识。

(艺术中的自由联想是潜意识的表现。分析之就是在读潜意识的言语,同时也在对潜意识"讲话"。)

在艺术创作中与潜意识对话,不仅表现为分析;分析只是"告知",还可以"提问",让潜意识在艺术创作中"回答";还可以对其发出指示,让其在艺术创作中执行;还可以调动它,使它的潜能通过艺术创作表现出来——这些涉及艺术创作最深奥的奥秘。

释梦,释病,释过失,释遗忘,释情绪,释醉语,这些自我分析,给他人分析,都是与潜意识的对话方式。

分析自己的各种预感,也是与潜意识对话的一个方式。

遇事等待自己的直觉、灵感,并分析自己的直觉、灵感。

人类的一多半秘密在潜意识中

人类的秘密一多半在潜意识中。与潜意识对话,是人类的一个重大课题。这个课题以后必将演变为一个独立的学科。

如果我们确确实实掌握了与潜意识对话的能力,既善于"听"懂它、理解它,又善于告知它、指示它,我们将在科学、哲学、艺术诸方面有多得多的发现。我们可以发现更多的人类秘密。

譬如在医学中,我们将看清患者的疾病原因,也会更有效地治疗之。因为我们善于影响潜意识,使我们的"言语"真正深入潜意识中去。

了解潜意识,影响、调整潜意识,可以说是治疗疾病的重要手段。未来人类会理解这一点的。

又譬如艺术创作,善于和潜意识对话,就可以使潜意识的天才展现出来。

所谓悟性,微妙,玄妙,精妙,心诚则灵,都在于此。

就心理学而言,要善于越来越深刻地看清潜意识,在日常生活中,到处清清楚楚地看到人们的潜意识。情绪、神经症、精神病及一切身心疾病,是潜意识在表现,在"言语",在做表情;各种过失、口误、笔误、遗忘、行为过失,也是潜意识在露出嘴脸;还有各种各样的比喻,都是潜意识造出来的,潜意识是真正的艺术家。

善于看清潜意识,又善于与潜意识对话,能够很好地使你的声音传达到深层潜意识中去,这是高技术,心理治疗的高技术,疾病治疗的高技术,艺术创作的高技术,身心修炼的高技术。

就心理学而言，我们该看到：意识具有物理能量，是物质。

搞清楚心理—物理之间的联系，人类的科学就要刷新了。

自我暗示——与潜意识对话的重要方式

自我暗示（以及自我催眠）是与潜意识对话的重要方式，也是自我心理、生理调整的重要手段。它简单易行，行之有效，对于我们摆脱各种心理障碍及生理疾病是非常有用的。

如果你愿意进行自我生理、心理调整，那么，可以遵照如下原则进行：

一、通过自我暗示、自我催眠，调整心理，调整生理，消除心理、生理障碍，对改善身心健康是非常有效的。特别是对于受各种精神神经症折磨、困扰的人，尤为有效。

二、每个人都可根据自己的情况，设计符合自己特点的、简单有效的"自我暗示体系"。

三、自我暗示主要通过语言文字进行。譬如"放松""入静""自然""心澄目洁""面带微笑"，就可同时视为很好的自我暗示语。因此，自我暗示的中心环节是编定、选择最有效的"自我暗示语"。

四、自我暗示语编选的几个原则：

1.第一个原则:突出目的。

譬如,想使身心健康,就可以这样自我暗示:"我很健康,很健康,确实很健康。"不必在暗示语中加入达到健康的方法、手段。因为自我暗示是为了影响潜意识,为了给它下某种"指令"。潜意识只要明确目标就可以了。至于如何达到目的,它会选择最好的方法。强行规定复杂的过程、方法,只会适得其反。

这是"潜意识思维"的一大特点。

2.第二个原则:简单明了。

所谓简单,既是指目的很单纯,不复杂繁多,也是指语言文字本身的简洁。所谓明了,就是避免使用暧昧的、含义模糊的字词。

譬如,你身体多有不适,肠胃、心脏、肝、胆、肾、关节都不太好,你的自我暗示语不应该将它们一下子都列入。我的肠胃很快正常,我的心脏很快健康,我的肝很快健康,我的……这样,目的太繁多了,效果不好。在一个阶段要突出一个或两个重点。或者就干脆笼统地自我暗示:我将很健康,很健康……

至于文字的简练,那是好理解的。

文字的明确明了也是好理解的。你必须很好地推敲字词,它们完全可能对潜意识有不同效果的暗示作用。

潜意识思维的又一特点是"抠字眼"。它会很"教条"地遵照语言文字的直接含义思维与行动。你若在暗示中对它讲"我高兴死了""高兴坏了",它可能会理解为你因为高兴而"死了""坏了"。这含义就与你的原意完全相反了。

3.第三个原则:语音爽朗上口,尽可能具有诗的韵律。

这样,自我暗示语就不仅以它的词义、语义在对潜意识暗示,而且还以它的音乐感、节奏感对潜意识暗示。

这韵律,这音乐感,要尽可能与内容相适应。要使自己放松、镇静,那么,暗示语不仅在字义、语义上是这样的,而且在韵律节奏、音乐感上也是平缓的、安静的。

自我暗示语的韵律可以造成一种旋律的力量。只要在心中默念一遍自我暗示语,因为它有那种诗的韵律,便会不由自主地在心中反复再现。

4.第四个原则,是尽可能具有调动视、听等感官的形象性。

譬如,"脚踏雪山,头顶青天,心澄目洁,乐观健康",这就必然使你在视觉等感觉方面进入"脚踏雪山,头顶青天"的境界。你不仅看到青天、雪山,而且确实感到脚下踏着、头上顶着。"心澄目洁"则使你的身体、眼睛、心胸很形象地进入一种境界。这都有助于潜意识接受最后那个根本的、抽象的、目的性的"指示":"乐观健康"。

与这个编选原则相联系的,要补充说明:语言文字的暗示作用再配合上视、听等感觉,配合上周身的感觉,才会格外有效。

五、自我暗示语编定后，具体实施，又有几个原则。

1.第一个原则：重复。

这里有三层意思。一层，是日复一日地重复。每天用一句（或用一段）自我暗示语进行自我暗示。一层，是每日内多次进行。早晨起来后，要先想想自我暗示语。出门前想一下，回家后想一下，等等。简单说，就是每开始一个新的生活程序前"想一下"，特别是早晨起来后、晚上睡觉前这两次尤为重要。最后一层意思是，每次默念时，最好重复几遍。一般三遍即可。这样就造成了重复的态势。即使你不想它，它也一直在潜意识中重复着。

2.第二个原则：忘却。

所谓忘却，即是自我暗示操作完了，就不要再想它。无论是工作，还是休息，还是睡觉，还是静坐，都不再想你的自我暗示语。

只有忘却了，无意识了，注意力不再集中于此了，对潜意识不加任何干预了，对它持完全信赖态度了，不再观照、监视它了，潜意识才会发挥它的积极性，主动地、创造性地去"完成任务"。

总是想着暗示语，潜意识没有主动性，效果反而不好。

3.第三个原则：等待。

所谓等待,就是要给潜意识时间。很多自我暗示往往很难立刻表现出效果。要有一段时间。要等待潜意识逐渐调整你的心理、生理。不可急躁,要听其自然。

一般来说,自我暗示有三种效应:及时效应,短期后效应,长期后效应。及时效应,是指自我暗示语一默念,立刻就对生理、心理显现的作用;短期后效应,一般是指一天或三至七天内产生的效应。长期后效应,则指更长的时间。

4.第四个原则:坚信。即"心诚则灵"。

这可以说是最重要的原则。

如果有什么补充的话,那么,就自我暗示语的编选而言,还有两个原则。

一是尽可能用肯定的语词,而不用否定的语词。肯定的语词比否定的语词暗示效果更好。如"我的病彻底好了",就比"我的病不会再犯了"更有效。

二是与潜意识对话,有时要考虑用商量的口吻,而不用命令的口吻,那样更便于它接受。这一点可以根据实践体验来把握。

总之,要善于用自我暗示的方法来调整自己的生理、心理。

暗示是人们接受影响的主要手段

暗示,广义存在于人类所处的整个世界中。

暗示,就是"非明示"。

明示者,借助逻辑,晓之以上下左右内外,晓之以彼此,晓之以得失、利害,即直接说服理智,使你明明白白地接受。

那是显意识在接受。不接受,便是拒绝。

暗示者,是通过"暗"之"示"使你接受。整个宇宙,天地自然、社会人世,都在对你进行暗示。

山给你"高大"的暗示,海给你"宽广"的暗示,笔直的树给你"正直"的暗示,草地给你"柔软"的暗示,自然、社会给人暗示的第一种方式是形象的、比喻的、隐喻的。

仅从这一点就知道,暗示是作用于潜意识的。因为潜意识的思维特点之一就是隐喻的。

白天过去是黑夜,黑夜过去又是白天,白天黑夜交替出现。这个形象的运动,隐喻着时间是流逝的,是循环周转的,是有某种节律的。然而,人之所以能强烈地由生命深处感受、接受这个暗示,不仅在于它的比喻、隐喻手法,还在于它的重复。

于是,我们可以说,自然、社会给人暗示的第二个方式是重复。

重复,恰恰也是影响潜意识的有效手段。

潜意识不同于显意识。显意识靠逻辑的"通",潜意识常常求助于潜移默化影响的累积而接受事实。

如果我们由自然进入社会考察,就知道,人类社会是使用各种语言文字的,各种各样的讲演、宣传、广告、标语、招牌,无不在用语言对人进行暗示性影响。

潜意识就是在反复受到暗示而接受其影响。

我们知道,语言是广义的,各种图画、雕塑、摄影、音乐、舞蹈、服装、建筑,都可以看成广义的语言,包括太阳、大海、高山等自然景物,也都是语言。

那么,当某种语言反复出现时,就必然把作用留在了潜意识中,那便是"暗示"。

明示是作用于显意识的。暗示是作用于潜意识的。

人在社会中生活,每日接受最大量的是暗示。

人是感应暗示的动物。失去了对暗示的感应能力,不成为人。

自然通过暗示影响人。社会通过暗示影响人。

文学艺术通过暗示影响人。审美的美感也是在接受暗示的过程中形成的。

感情的感化、征服、感染通过暗示。道德的影响通过暗示。

各种情感都是在暗示中接受影响,在暗示中形成。

人生的许多观念都是在接受暗示的过程中形成。

暗示是人们接受世界影响、相互影响的主要手段。

深刻地理解这一点是理解人类许多奥秘的钥匙之一。

暗示，比起明示来，量要大得多。因此，作为其累积接受者的潜意识，也要远比显意识在人脑中占有更大的比重。

深刻认识广义的"暗示"是极为重要的。

人为什么会衰老？

人类每时每刻都在被暗示左右着，那么，人类是如何生老病死的呢？

人之所以衰老，除了生理原因、自然规律，也是因为自然、社会在暗示你衰老。不相信吗？

先举一个小小的例子。一个健康的人，早晨踏进了机关大楼，如果有十个决心和他开玩笑的朋友，按预定的策划进行，第一个人一见他便说：老王，你怎么了，脸色这样不好，是不是病了？他会很爽朗地一拍胸脯：没有，我挺好的。第二个人见到他，又吃惊地打量他：你是不是不舒服，怎么脸色这么难看？他会稍疑惑一下：没事，我没病。如果，第三个，第四个，以至第十个人都这样说，他一定会忧心忡忡地去医院检查。他最后也就真的病了。

如果所有人一见你都说你与以前大不一样了,显得老多了,你就真会很快衰老一大截。

这都是暗示的力量。

当然,这样的残酷玩笑,人们平常是绝不会开的。然而,人们却在每时每日接受自然而然的暗示。

你看到同龄的人衰老了,于是受到暗示,自己也在衰老;你看到孩子长高了、长大了,于是受到暗示,你正在衰老;你看到父母头发白了,于是受到暗示,你也越来越不年轻了;你看到人们把同龄人归入了中年,而不再归入青年,于是受到暗示,你正在衰老;你翻过一页日历,不知不觉在受暗示,你又"老"了一天、一月、一年;一年四季的更换,新一年的元旦、春节以及各种节气的来到,在暗示你一年年地"衰老";黄叶飘零,稻麦的收割,树苗的由小到大,都在暗示生命是不断地走完自己历程的,你也在逐渐衰老的;人类社会的各种现象:幼儿入学,小学升中学,中学升大学,年老退休,年迈死亡,都在对你进行衰老的暗示,白昼黑夜的周转也在暗示你。

你怎么能不衰老呢?

你可能会说:我莫非是接受暗示才衰老,难道不是生理本身的发展而逐渐衰老吗?

我们说,心理与生理是全息对应的。因此,人因潜意识接受暗示而衰老,与人生理的新陈代谢的衰老是同一件事。

有人会问：我们难道不可以抗拒暗示，不承认自己衰老吗？

我们回答：从总体上讲，这很难。宇宙在时间上流逝，它通过暗示同样支配人类。人类是通过感应暗示而与整个宇宙联系在一起的特殊物体，这原本就是规律。

然而，从某种局部讲，人又是可以改变自己所受的暗示的。

这就是催眠术的某种程度的效能。

它们是用暗示的方法来改变的。用暗示与暗示斗争。

因为受暗示，你病了，衰老了，你用积极的暗示(含自我暗示)使自己除病，健康年轻。

明白吗？

自然、社会通过各种各样的暗示，艺术、宣传、广告，相互影响。这都是广义的暗示。

而在催眠中使用的暗示可以说是最专门的、有效的、技术化的。

人的全部言行都是在自我暗示

人类的每一个成员，都从自然中、社会中接受大量暗示，他们又相互暗示，这些暗示是普遍的、相通的、相重叠的、相交叉的，因此，它在大脑中制造出来的潜意识也自然是相通的。

反复地讲一些道理，对于那些一下从逻辑上把握之的人来讲,就是明示于你;而对于那些一下没全懂的人来讲,就是一种暗示。

关于暗示,还要告诉朋友们的是:

第一,潜意识是人类大脑(不仅是大脑)感应、接受自然、社会暗示而形成的,潜意识即是暗示的沉积,是暗示的完整记录。

第二,情感、道德感、美感都是潜意识思维。

第三,情感、道德感、美感都是接受暗示的结果。因此,从暗示入手,也能使我们的情感学、道德学、美学研究有新的有力角度。

佛学中有一称谓:"熏习"。其实,人的全部精神、全部生命,在一定意义上都是"熏习"的。都是积习。都是暗示的累积。

这里,包括自我暗示。

自己的全部言行都在进行自我暗示。

所以,熏习就包括了一个人客观、主观经历的一切。

想想你的一切品行、性格、气质、禀赋,其实都是熏习而成,都是暗示、自我暗示累积而成。

想想你的幸福观、苦乐观是怎么形成的?仔细体会一下,就会一下顿悟:真是暗示、自我暗示的结果。

你可以把自己"心理"方面的情况想一个遍,发现它们都是暗示累积的结果。

你再悟一悟,就能多少知道,心理、生理全息对应。你的生理状况,你的健康,你的疾病,都与你的熏习、你接受的全部暗示(包括自我暗示)有关。

你的生理、心理都是和广义的暗示分不开的。你的生理、心理都是可以接受暗示的,都是可以用暗示手段影响的。

这样,就懂得如何调整自己了。

无非也用暗示(包括自我暗示)的手段。

你到海边疗养,不就是接受开阔而宁静的暗示吗?你到竹林中,不就是接受清爽、正直的暗示吗?

宗教活动与暗示

暗示可以分两大类:他人暗示(或称他发暗示)与自我暗示。

很多宗教活动中,都在运用暗示。仪式的整个程序、整个操作,都是广义语言意义的暗示。

师父带着徒弟做某种导引动作,便是动作暗示。

各种宗教的殿堂圣地,对每个来访者都在实施暗示。它所具有的神圣气氛就有暗示力量。

气氛就是暗示。气氛场就是暗示场。

这是又一个新概念,已有些超出狭义暗示的界限了。宗教圣地的暗示,已有些广义暗示的含义了。

在宗教活动中,暗示除了口头语言外,还可以有书面语言吧? 还可以有姿态语言、动作语言吧? 还可以有服装语言吧? 还可以有道具语言吧? 还可以有各种旗帜、图画语言吧? 还可以有音乐语言吧? 还要布置一定的环境,应用整个环境所包含的语言吧? 还可以建造殿堂,应用殿堂本身对你暗示吧? 把殿堂建在一个特别雄奇的山上,就借助了整个山的神奇景色作为暗示的一种力量吧?

狭义暗示与广义暗示并无严格界限。在宗教活动中,各种狭义的、技术化的暗示,其实是充分运用广义暗示的内容的。

暗示中的"默念"与"无念"

语言是一种暗示方式,但有些人可能在实际运用中超越了这种方式。他常常可能只是想一下,意念中瞬间掠过了某种语言,如要松静自然,要心澄目洁,要致虚极、守静笃,甚至倏倏掠过一大篇文字,就进入松静的状态。

在这种方式中,思维依然是一种语言过程,他仍在运用语言进行自我暗示。这是更高一级的自我暗示方法了。

这往往是由第一种自我暗示方法演变发展而来的。因为是用意念一想就完成的,我们称之为自我暗示的"意念方式"。

在意念方式中,思维代替了默念。自我暗示来得隐蔽了些,也更迅速了些,更随意灵活了些,因而也更高级了一些。

对语言与思维二者关系有知晓的人很能找到由"默念方式"自我暗示到"意念方式"自我暗示的必然逻辑。

还有一种,我们称之为"无念方式"。

一个人根本无须用意念引导自己,不用默念方式,不用意念方式,就在进行不间断的自我暗示了。用一句牵强的话讲,那就是无意识、潜意识在习惯成自然地进行自我暗示的工作。

意念方式的自我暗示用得多了,成习惯了,透彻整个身心了,自然就进入了"无念"的自我暗示状态。

这就达到了高境界。

其实,"默念""意念""无念"三种方式的自我暗示,人在日常都是不自觉地进行着的。对于"默念方式"的自我暗示,朋友们稍一想,就会找到自己的经验。对于"意念方式"的自我暗示,你再想一想,也可以找到自己的经验。你在一个较特殊的时候,心情紧张,就会用各种想法来放松自己,特别难过时,会想办法来安慰自己,那都是"意念方式"的自我暗示。人是在不断自我暗示的,只是不自觉而已。各种内心独白,各种调整身心的思想,都是自我暗示。而对于"无念方式"的自我暗示,朋友们可能会比较生疏了。

这是我们目前已有的暗示学都未提到的。

任何一种自我暗示反复进行,必定就在心理上固定为一种习惯、一种模式,到时候它就会不经你明确意识,自动出来"工作"。

这种无念方式的自我暗示是最隐蔽的,最迅速的,最无所不至的。它一旦形成,就是不中断地进行着。仅仅揭示这个奥秘,就能使我们对人类的精神现象,对人类的心理结构,对人类的一切观念的形成规律有全新的认识。

暗示与精神病

许多后天的精神病其实都是这样形成的:由于命运、环境的安排,一个人被迫地、不自觉地进入特殊的催眠状态或自我催眠状态,接受了他人暗示或自我暗示的控制,这种控制是理智无法摆脱或者是难以摆脱的。

人在情感强烈时,如高度愤怒时,极度苦恼时,极度忧虑时,极度恐惧时,极度兴奋、欢喜时,以及极度压抑时,极度震惊时,极度苦闷时,极度惊慌时,极度虚弱时,还有大病一场时,身体受到打击时……都容易丧失理智控制,处于崩溃的状态;而理智一旦崩溃,人就处在了"类催眠状态"中。这时候,各种环境的外在事物、人物的各种暗示(广义的暗示)及内在的自我暗示(各种思想、念头、愿望都可能因为反复出现而成为自我暗示)就可能进入潜意识,而成为控制人的神秘力量。

这里,我们要稍稍展开一下思路。

第一,人一生中会应环境安排经常被迫地、不自觉地处于被催眠或自我催眠的状态中。

根本的条件就是理智的丧失与崩溃。

这种丧失与崩溃,可能是较长时间,也可能只是一瞬。在程度上,可能有完全的崩溃,也可能是某种程度的崩溃。这一切造成了催眠与自我催眠态的长短与深浅。

在这种催眠与自我催眠态中,人一样受暗示与自我暗示的影响。这种暗示、自我暗示是多种多样的,要包括广义的暗示、自我暗示的全部内容。

有可能一句话,一个景象,一个声音,一个面孔,一个事件,一个遭遇,一个自然物体,一个社会现象,一个家庭场景,一个画图,等等,都能成为暗示。

这时接受的暗示、自我暗示,必然深入存进潜意识中,成为各种心理现象的根源。

人的情绪、性格、气质,心理状况,各种心理障碍,各种轻重不同的精神神经症都与此有关。

要善于透彻地洞察这一切。

当这种暗示、自我暗示表现为很强的控制人的后作用时,当这种后作用到了使人精神失常的时候,就是各种各样的精神病。

三　语言、表情和相貌

语言

世界间、物质间有一种联系,就是"语言"。物质与物质之间的交流是"语言",物质与意识之间的交流也是语言。

语言有各种各样的。人类有各种各样的语言。宇宙、自然界、社会界,有各种各样的语言。

形与数,象与数,也由语言来描述。这是数学语言。

一切语言中都有数学语言。

或者更广义说:各种语言都圆融、交合在一起。

同一种语言中,不同的语言中,都有一个"翻译"的问题。

翻译即语言的接近等价、等值、等质、等量的转换、替换、交换。

等价、等值、等质、等量,即同构。

信息交换、能量交换,都是语言范畴可以描述的。

言语道断，不能言语。这含义要有新的解释。

直觉，似乎没有语言过程，即没有逻辑思维过程。我们已经知道，直觉，只不过是高速运算的结果而已。

运算，就是语言。就是数学语言。程序都是语言。

这就是由至极而归无的例证。

语言的运算到了极高速的时候，就表现为没有言语。

无语言是因为超语言。

超语言，即超速的、超高速的语言运用。

我们相信，宇宙是一个大脑。整个宇宙的运动，犹如大脑。

我们人类的大脑不过是宇宙的缩影。

宇宙就是人的放大。

宇宙是无生命的有生命，是有生命的无生命。

语言是思维的外化

说什么样的语言，这对于我们的身心无疑有很大、很直接、很明显的影响。

如果说，思维是语言潜在的表现，是某种程度上的默语默言，那么，我们的言语、讲话，也可以看成是思维的外化，是口腔运动化，声音显现化。

语言，不仅能给对方以影响、以能量，也给自己以影响、以能量。

修炼自己，首先就要正语。要在每日的言语中，平和、善良、坦荡、仁爱、慈祥。

人的动作、行为，就是人的形体语言、动作语言。它们同样表达着什么，表示着什么，输出着什么，给他人以信息，也给自己以语言似的自我暗示、自我调整。

我们的行为动作是在随时进行的。我们要使自己的行为动作正确，走正道，这就是一种无时无刻不在进行的修炼。

明明白白是一种难以言传的领悟。

然而，我们试图把它叙述出来。那领悟就变成千言万语，千言万语不足以完全传达自己的领悟，总还是一种勉为其难的"翻译"。

把领悟翻译成语言文字，自然有所失真。

天下一切翻译都是有所失真的。

宇宙的一切都是语言

天下一切都是符号，都是语言。最广义的语言概念，不仅包括我们通常的狭义的语言概念，而且要扩展到：我们的动作是动作语言，我们的表情是表情语言，我们的思维是思维语言，我们的操作是操作语言，我们关于宇宙、社会、历史、文化、伦理、道德、苦乐、价值的一切观念是语言，我们的全部社会行为——调查、研究、交际、谈判、政治、经济、社会、文化活动，都是语言。一个人的一切运动，体外体内的，都是语言。

对于整个人类社会来讲，音乐有音乐语言，绘画有绘画语言，书法、雕塑、建筑、舞蹈、摄影、戏剧、电影各有自己的语言，烹调、装帧、服装各有各的语言，数学有数学语言，物理学有物理学语言，化学有化学语言，等等。更扩展说，整个人类社会中的一切结构、关系、运动，都是语言。包括经济、政治、外交、军事、文化、宗教，一切的一切。

再扩展，自然界有自然界的语言，动物有动物的语言。动物的一切运动都是语言。植物有植物的语言。植物的一切"运动"都是语言。人类与动、植物，也是有着各种各样的语言交流的。你爱护生物，是一种语言。你侵害生物，也是一种语言。

再再扩展，我们可以说，整个宇宙，其一切结构，一切运动，都是语言。人类的狭义的语言，不过是整个宇宙这一广义语言的凝缩而已。

世界本质上是结构的、语言的、符号的。人的心理活动，是符号的结构与运动。

语言是宇宙最奇特的事物之一

语言是宇宙最奇特的东西之一。语言本身是宇宙的秩序。人类有多少种语言？数以千计。人类如何相通，要靠语言之间的翻译。翻译，其实是一个具有根本意义的过程。动物就没有语言？我们想是有的。人与动物之间的相通不就要通过某种翻译？植物没有语言？人与植物间相通，也要经过"翻译"。

由此，我们的思悟可以有这样几个结论：

第一，语言是奇特的、伟大的、玄奥的，值得人类不断研究的。语言是与思维、意识相结合，甚至是相同一的。思维的传递就是语言的传递。思维，现在看来就是一种更高级的物质，那么语言呢？我们不该多想想吗？语言，无疑是物质世界的结构、运动、能量交换、相互作用、相互转化，这里可以有一千个定理。

第二，人类社会有各种各样的语言。不仅包括狭义语言概念所说的那几千种语言，还包括广义的语言，如形体、姿态语言，绘画语言，音乐语言，舞蹈语言，建筑语言，雕塑语言，烹调语言，装帧语言，服装语言，等等。语言就是符号。

第三，动物有语言。植物有语言。非生物也有语言。该这样认识。这就进入了高度的哲学抽象。这里，该给语言下更广义的、一般的定义。这个定义——也就是范畴——的形成，对于我们进一步深入认识宇宙无疑有极重要的意义。

第四，用语言交流，有多种多样的形式。既可借助听觉、视觉、触觉、嗅觉、味觉、运动感觉，也可直接借助思维传感。

第五，不同语言之间进行交流，要经过翻译。翻译是物质世界一种特殊的运动、转化过程。是能量的转化，信息的转化，是同构的相互替代；是比比喻、隐喻更广义的、更一般的同构替代。

第六，翻译，对于人类来讲，有三个层次。第一层次，是人类内几千种语言(狭义的语言)之间的翻译；第二层次，是人类内广义的语言形式之间的翻译，即文字语言、形体语言、舞蹈语言、音乐语言、雕塑语言、建筑语言、烹调语言、服装语言等之间的相互翻译；第三层次，人类语言与动物、植物、非生物、高级智慧生命语言之间的翻译。

第七，翻译，是两种语言的等价交换，是双边关系。同时，也可能形成多种语言的"一般等价物"。好比商品交换中，一般等价物货币的形成。人类不正在搞世界语吗？或许有一天，世界语会统一整个人类的交流。

第八，更深刻地说，整个宇宙相互交流中的一种一般性的语言，原本就是存在的。只是我们目前还没有充分认识到。

最一般的语言，即是最一般的结构，最一般的秩序，最一般的运动、转化规律，它存在于宇宙之中。

随心所欲地使用语言

天下各种语言都是相通的。人的文字语言、音乐语言、绘画语言、形体语言、建筑雕塑语言，人的语言与动物的语言、植物的语言、天地山川的语言，与地球上、地球外的一切，都是有着语言相通的。语言即是交流，即是交换信息、能量，即是相互感应，相互传感。

写作，使用的是语言文字。语言文字本身有其结构，像一张网控制着你。语言文字本身就是一种独立的力量。语言文字本身就形成"语言障""文字障"。它将限制你的思维。

如此，你还能大自由吗？

这个问题有一定的深刻性。

语言文字，也许是对人类最有力的一种影响与制约。然而，我们可以以它作为一种修炼对象、修炼素材。

金鱼可以在毫无障碍的水中自由自在地游动，金鱼也可以在放有许多珊瑚、贝壳、假山的鱼缸中自由自在地游动。复杂的障碍不成为障碍时，它同样达到了自由。

当我们终于随心所欲地运用语言文字了，我们毫不感觉到它的束缚了，我们就自由了。

语言(狭义的),原本是宇宙结构、运动的凝缩。

如果使用最广义的语言概念,我们便知道:人在一生中,其全部言语、书写、表情、动作、操作、行为、思维、观念,都是语言。一切皆语言。

人生即是语言。

表情、相貌与疾病

我常常希望人们有时间去街上走一走,坐一坐公共汽车,然后,可以观察一下所有在车上坐的人,无论在上班之前还是下班之后,看一下众生相,你会发现,人人脸上都有病相。

什么叫人人脸上都有病相呢?

这个人脸上有愁苦,那个人脸上有焦灼,带着孩子去看病的母亲的脸上忐忑不安,这个人脸上在生气,那个人脸上有嫉妒。他们脸上都有很多可以称之为病和累的东西。

大家去琢磨,你苦了,就是一副苦相。这个苦相要维持三十年呢,这个苦相,这个表情就变成了相貌。不用三十年,一年就能改变相貌。有的人这一年心情不好,一年的愁苦就变成了相貌,一年的愤怒就变成了相貌。我有一句格言,叫作:相貌是凝固了的表情,表情是瞬间的相貌。所以你看,这个老人一生比较达观,和和蔼蔼,高高兴兴,他到了晚年,慈眉善目,一个慈善相就成了相貌。这个相貌,在他三十岁的时候,在他生育的时候,还会遗传给孩子,这个东西不但一代遗传,还会累代遗传呢。

我们想一想,当你有一脸苦相的时候,时间长了就变成了相貌了。可是你知不知道,当你发怒的时候,你的五脏干吗呢?五脏六腑都是有相貌的。你神经紧张的时候,为什么肠胃容易痉挛呢?你的脸抽筋,胃也在抽筋嘛。那个胃原来挺好的,一抽就有表情,肯定有变化的。你额头皱,你相应的器官肯定也在发皱的。人的表情长久了,就变成相貌,五脏六腑的表情长久了,也就会变成相貌。你的肠胃老在发皱,时间长了就固定下来了,成了疾病,成了相貌,不是表情了。而且在你生育的时候还要遗传给孩子。这就是奥妙。

为什么说"提心吊胆"呢?当你那个心理状态是提心吊胆的时候,你的心和胆就是提着的,你自己感觉感觉。我们的医学家如果愿意去测量,人处于提心吊胆的状态,他的心和胆的某些肌肉纤维肯定就是提着的吊着的,这是没有问题的。

我们的中医都懂得七情伤人。怒伤肝,许多肝病诱发因素就是一次大的生气,这种情况很多。思伤脾,恐伤肾,这都是必然的。

人的表情会凝固成为相貌,疾病不过是五脏六腑的不正常的相貌而已。

这一切的原因是什么呢？造成这一切的种种病相，从病的表情到相貌，从心理到生理的原因是什么呢？我们说，是你那颗心。这个心不是心脏的心，而是一般意义上中国古代用语上的心，或者说灵魂也可以。那么，我们要修这颗心。

用禅的语言讲叫作"明心见性"。

这颗心原来不明，不见自性。心明了则见自性。

修炼自己就是修炼表情

修炼自己在一定意义上就是修炼表情。

表情？你可能惊讶了。

对！就是表情！

怎么理解呢？

我们修炼，首先是大体的放松，入静，身心自然。然后，就在于意念。这意念该是人天合一，人天相应，与宇宙融合为一。

这意念由心中漾出来，显于面部，就是表情。它是一种智慧的表情，安详的表情，大度的表情，俯瞰大千世界，目光融融的表情，洞察大千世界的表情，以道莅天下，其鬼不神的表情，清静无为的表情，惟恍惟惚的表情，神仙飘逸的表情，超脱大度的表情。

这表情来自意念。这表情又是意念的显化。这表情固定了意念。这表情又反过来使意念进一步入"角色"，入境界。

这表情再放大，扩大，便是全身的姿势、动作。

要把表情真正洋溢地、融融地放大到全身，变为全身的动作、姿势。该是人天合一的动作、姿势。

动作姿势是面部表情的放大。

动作姿势是全身的表情。

它使人的表情放大了，更加圆融扩展了，更加显化了，更加固定了，更加生动了。反过来，它作用于面部表情，使表情更入角色，更入境界。再反之便作用于意念。

在全身的表情中，即在全身的动作、姿势中，手的动作、姿势尤为重要。

因为手是人类最表达什么、显露什么、接受什么的形体部位。它的"表情"进入角色了、进入思维了，进入境界了，对全身、对人的意念又都有影响及作用。

如佛家气功的"手印"。

手印是一种姿势，一种表情，同时便是一种语言。

讲到语言时，要再讲一句：意念，即人的思维，当它再显现一些、明确一些时，在内心就表现为语言。

因此，在意念外化为表情的同时，还将在内部转化为语言。这语言可以默念，也可以出声，道理是一样的，都是意念进入角色、进入思维的表现。反之，它又使意念固定化、深化。

表情扩大到全身了。还该再扩大。那就是扩大到你在整个社会的表情了。即你在整个社会中的动作、姿势、行为。

你在整个社会中的所有行为,都是你的大表情,最大的表情。

你修炼时的智慧、大度、安详、从容、自然、光明、坦荡的表情,该变成你在整个社会生活中的大表情、大姿势、大动作。

你在社会上的行为不符合修炼时的"大道在身"的表情,你的修炼就是很不彻底的。你也不可能大彻大悟。

明白了吗?

由意念到表情(同时到语言),到全身表情(其中手最重要),到在全社会的表情,这是由内向外、由小到大的逐层扩展。

美的相貌从何而来?

修炼自己就是修炼表情。如果再深刻点儿说,那就是:修炼表情,即修炼相貌。

表情,是一时的可变的相貌。

相貌,是永久的、凝固了的表情。

这句话有着极为深奥的意义。

你修炼时的表情,反复地、长时间地呈现、出现,最终会在你的相貌中凝固下来。或者说,就凝固为你的相貌。

你"全身的相貌"，就是你的体格的健美、优美、大度。

你在社会的相貌，就是你的形象，你的普遍为人们所公认的品德。

其实，这对于人体美学，对于遗传变异学，也是个很重要的公式。

人的相貌，美，相貌堂堂，到底是怎么回事？为什么没有人觉得歪鼻子斜眼、面部抽搐的人相貌好呢？

就是因为相貌是表情的凝固。

好的相貌，正是那些使人感到亲切、友好、快乐、友善、感动、动人、恩爱、怡乐的表情凝固而来的。

你们没看到，一个人也许生来相貌很好，但是，一生的生活总使他处于恶苦之中，晚年，他的相貌就会愁眉苦脸，成为"苦"相，相貌自然就不好了。甚至可能遗传下去。这就是表情长久了便凝固为相貌。

一个人的相貌，说到底是凝固了他祖宗多少代人的表情。其中有遗传，有变异。最终，都在其中了。最后，还要凝固他自己有生以来的表情。

一张脸上的相貌，如果凝固了过多凶狠的表情，就是凶相。谁喜欢凶相呢？

美的相貌是从何而来的，也可想而知了。

你修炼你的表情，长久了，将影响（凝固为）你的相貌，还将遗传给你的子女。

　　还不清楚吗?

　　相貌是凝固了的表情;表情是暂时的相貌。这个深刻的真理,希望朋友们反复思悟、体悟,同时,也希望朋友们善于调节自己的表情,使你的表情怡悦、轻松、自然、安详、智慧、年轻。

　　调节表情是自我心理调节的最有效的手段之一。

后 记

　　正如本书"附录"所说,《走出心灵的地狱》与笔者另一部著作《破译疾病密码》是姊妹篇。前者解析焦虑症、抑郁症等心理疾病,后者则由此出发更广泛地解析人类的各种疾病。

　　读完本书的朋友,如果对认识人类疾病奥秘还感兴趣,则可以再看《破译疾病密码》一书。

　　希望每一位朋友都掌握好上天给予你的健康的权利。

　　祝大家健康、快乐!

柯云路

图书在版编目（CIP）数据

走出心灵的地狱/柯云路著. —郑州:河南文艺出
版社,2019.6(2024.4重印)
ISBN 978-7-5559-0830-2

Ⅰ.①走… Ⅱ.①柯… Ⅲ.①报告文学–中国–
当代 Ⅳ.①I25

中国版本图书馆 CIP 数据核字(2019)第 078676 号

Zouchu Xinling De Diyu
走出心灵的地狱

策　　划　杨　莉　张　阳
责任编辑　杨　莉　张　阳
责任校对　丁淑芳
书籍设计　吴　月

出版发行　河南文艺出版社
本社地址　郑州市郑东新区祥盛街 27 号 C 座 5 楼
邮政编码　450018
承印单位　河南新华印刷集团有限公司
经销单位　新华书店
开　　本　890 毫米×1240 毫米　1/32
印　　张　7.75
字　　数　152 000
版　　次　2019 年 6 月第 1 版
印　　次　2024 年 4 月第 8 次印刷
定　　价　42.00 元

印厂地址　郑州市经五路 12 号
邮政编码　450002　　　电话 0371-65957864